EL HOMBRE CON LA SOMBRA DE HUMO

José Hugo Fernández (La Habana, 1954) Escritor y periodista cubano. He publicado, entre otros libros, las novelas *Los jinetes fantasmas, Parábola de Belén con los Pastores, Las mariposas no aletean los sábados, Mujer con rosa en el pubis* o *El tigre negro*; los libros de cuentos *La isla de los mirlos negros, Yo que fui tranvía del deseo, Hombre recostado a una victrola*, o *Nanas para dormir a los bobos*. Los libros de ensayos y crónicas *Siluetas contra el muro* y *Entre Cantinflas y Buster Keaton*. Resido actualmente en Miami.

José Hugo Fernández

EL HOMBRE CON LA SOMBRA DE HUMO

PREMIO DE NARRATIVA
«EDITORIAL HYPERMEDIA 2020»

De la presente edición, 2020

© José Hugo Fernández
© Editorial Hypermedia

Editorial Hypermedia
www.editorialhypermedia.com
www.hypermediamagazine.com
hypermedia@editorialhypermedia.com

Edición: Ladislao Aguado
Maquetación y corrección: Editorial Hypermedia
Diseño de colección y portada: Herman Vega Vogeler

ISBN: 978-1-948517-57-7

PRIMERA PARTE

DEDI Y EL CUCHILLO INVISIBLE

Nada es todo lo que hay
ROBERT CREELEY

EL MUERTO

Voy andando por la 152 Street rumbo al zoológico. Es temprano. Niebla espesa. A mi espalda, el torrente de los automóviles. Rugen. Faros encendidos. Aquellos viejos de mi tierra advertían que los amaneceres con niebla anticipan aguaceros y a veces tormentas. Son balas. Los automóviles. Vienen desde atrás. Soplos demoniacos. La peste a freno. El miedo a llegar tarde aplaza el de no llegar. Yo camino, como cada mañana, media hora de ida y media de regreso. Para quien siente miedo, todos son ruidos, sentenciaba Sófocles. Por mi lado, en dirección opuesta, discurre el señor americano, su amplio sombrero. Pronto serán las ocho. Pero es normal, la niebla. Esta ciudad se afinca en terreno pantanoso, así suelen decir. Otoño, pegadizas hojas bajo mis zapatos. Aunque muy poco de particular, como en primavera o verano. Tenemos miedo de la enormidad de lo posible. Eso, creo, lo sentenció Cioran. El americano es el único que me saluda. Quizá también sea el único que, al igual que yo, camina sólo por ejercitarse. Los otros, algunos, o tal vez muchos de mi tierra, van y vienen hacia el sol, o desde las brumas, los ojos fijos en la acera. A veces me observan de soslayo. Vistazos encriptados. Nada de buenos días. Los tímidos tienen miedo antes del peligro; los cobardes, durante; los valientes, después. Lo apuntó Sartre. Él debía saberlo, porque era tímido. Aunque no valiente, según noticias. Hombre valiente no tiene mujer fea. Destellos. Rojos, amarillos, azules… Deben ser carros de la policía. La diferencia tal vez esté dentro de mí, en este otoño al menos. Empiezo a transpirar. Donde cada hoja es una flor, escribió Camus sobre el otoño. Sí, son policías. Dos autos y otro vehículo de mayor tamaño, el Rescue o el forense. Se han apartado de la calle. Los distingo mejor según me voy acercando. Parquearon entre la hierba, junto a la línea del ferrocarril. Si yo fuera un pájaro, volaría sobre la tierra, buscando otoños. Algo así leí en algún sitio de Internet. De una romántica, sin duda. Hay curiosos, no muchos. Los policías cercaron la escena con una cinta amarilla. En el montecito, allí es la cosa, hacia la esquina exterior. Los automovilistas aminoran la velocidad al pasar. Algunos sacan cabezas por las ventanillas. Pájaros asustadizos. Ojean. Y enseguida se relanzan al vuelo. No en busca de otoños, supongo. Hay un muerto. En la esquina, donde aclara el monte. Tipos uniformados a su alrededor. Llevan guantes. Casi junto a la línea férrea. ¿Lo habrá matado el tren? Muerte natural —diría Tres Patines—, pues quien ha sido arrollado por un tren, lo más natural es que se muera. Me acerco. Veo al fiambre. Aunque con interferencias. Es que me he parado detrás de una señora muy gruesa y cabezona, con exigua cabellera azul, y de un señor largo, flaco, encorvado, vara de tumbar gatos le dirían en mi tierra. Tiene las ropas mojadas. El muerto. O eso me parece. Los uniformados registran sus bolsillos. Deben haberlo arrastrado desde el interior del montecito, donde tal vez pasó la noche. Muerto. Uno de ellos se lleva dos dedos a la nariz. Náuseas. Entonces no debió matarlo un tren. Homicidio. Es lo que hace vomitar a los americanos, no sé por qué. El cuello: mira lo que se le ve, dice la mujer gruesa al hombre largo, que debe ser su esposo. ¿Qué?, pregunta él. Mírale el cuello, insiste la gorda. Yo también miro. El muerto tiene una mancha negra, como de sangre reseca. No hay cosa que me asuste tanto como mi miedo al miedo, había escrito Montaigne. ¿Pero por qué me viene ahora a la mente? El otoño, momento en que estalla todo. Esto lo habíamos visto ya en alguna película, asevera la señora gorda a su esposo. Sí, la mancha es de sangre, concluyo. Cuchillada sobre la yugular. Tal vez sea una de las muchas formas en que estalla el otoño. Exceso de hojas caídas, naturalmente. Calor húmedo. ¿No te da la impresión de que ya lo habíamos visto?, persevera la gorda. Vampiros en Miami, se limita a responderle, con sorna, el flaco largo. La niebla ha comenzado a disiparse. Tenue manto, apuntaría la romántica aquella. Sudo. Dos uniformados traen una camilla. Lo acomodan. La gorda amonesta al largo. El momento no es para chistes pesados, le dice. Me quedaría a disfrutar el resto de la discusión, pero quiero ver bien la cara del muerto. Y fotografiarla, si fuera posible. Trato de aproximarme a la ruta de los camilleros. Se mueven rápido. A duras penas consigo hacer clic tres o cuatro veces. Pero al bulto, sin encuadre, con el móvil a la altura del bolsillo. Hay una armonía en otoño, Shelley. Está intacta, la cara del muerto. Podría parecer que duerme, pero no, demasiado pálida. Fue nada más que una broma, mujer, le va diciendo el largo a la gorda cuando pasan por mi lado, en retirada. Yo también resuelvo poner fin al husmeo.

No he completado mi habitual caminata de ida, pero la interrumpo. En la acera, de vuelta, acaba de salir el sol. ¿Por qué apresuro el paso? Otoño, verano con suntuosa cola. ¿Será porque me apremian las ganas de compartir la experiencia? Como en aquel chiste, el de Madonna y el náufrago en una isla solitaria. Pero es verdad, conozco esa cara. Hay ciertas evocaciones de las que no consigo distanciarme. ¿Un cuchillazo en la yugular? ¿Por qué no? Podría contarlo. Algo se me ocurrirá. Va clarificando la mañana. A más luz, mayor misterio, Carlyle. En la cárcel muy posiblemente. ¿Un preso? ¿Un topo? ¿Alguno de los muchos perros interrogadores? Otoño, con sus tijeras amarillas, atraviesa el jardín. Allá en mi tierra debió ser. ¿Algún matón de barrio? ¿Un estafador? ¿Un artista? ¿Un funcionario? ¿Un condiscípulo? ¿Acaso un viejo amigo? El que teme es un esclavo, Séneca. Qué me lo pregunten a mí. Pero todo encuentra finalmente su colmo. Y la hora justa. Menos automóviles. O menos apuro. El caso es que ya no hay tanta congestión. Qué va, es su cara. No se me despinta. Los sollozos más hondos del violín del otoño, Paul Verlaine. Talante de majá sobre dos patas, allá en mi tierra cualquiera lo es, o no, pero puede empezar a serlo en cualquier momento. Nada es más tangible que lo recóndito, diría Confucio. Estoy sudando. El tráfico disminuye en la 152 Street. El miedo a no llegar se va reinstaurando, paulatinamente, sobre el miedo a llegar tarde.

MI AMIGO DE FLAGER

A la muerte y al sol no hay que mirarlos fijo. Fue lo que objetó él, con talante de antiguo duque francés. Pero enseguida se puso a mirar la foto, fijamente, actitud de perito. No es como esta tarde miro yo el desfile de las garzas, en hilera, ante mi ventana. Una es negra y va al frente, con una sola pata. No sé cómo se las arregla. Más me cuesta arreglármelas con mis dos piernas y con mi humana inteligencia. Sobre todo, no sé cómo se las arregla para ser líder, en una sola pata y con plumaje oscuro. Rara avis, entre las garzas blancas de su bandada, donde es ley repeler a los miembros menos aptos. Tampoco es que sirvan para mucho mis dos piernas, ni lo otro. La inteligencia implica una incomprensión natural de la vida. Él dijo que sí, que con aquella cara se había cruzado antes, la del muerto. Recordar es saber lo que se ha visto. O tal vez lo contrario. Vaya usted a saber. Y luego él dijo que sí, que podría contar con su ayuda. Es un amigo, de esos que toleran permanecer a tu lado cuando preferirían estar en cualquier otro sitio. Mejor que solo, mal acompañado. Estas garzas parecen invertir el adagio. Otra rareza. Pues son inapelables solitarias, como yo. Por más que no me anime a depositar todo el peso en una sola pata (que es así como dicen que duermen las garzas), ni a seguir en grupo a un líder. Ellas pueden dormir, yo apenas desando, despierto a medias. A esta hora. Las garzas, con sus largos picos, cazando insectos, caracoles, ranas, mínimos gorgojos, entre la hierba. Agujas amarillas que relampaguean. Cirro de plumas blancas con un punto en sombra. También en mi memoria relampaguean los rasgos del muerto. Mi amigo de la calle Flager dijo no estar seguro de que sea el muerto. Yo lo he visto, muerto, y luego he creído recordarlo vivo. Son retrospecciones más bien vagas, de mi tierra. ¿En los ochenta? Quizá después. ¿No sería en alguno de aquellos soporíferos talleres literarios? Qué fastidio. Un puzle. Pero de cualquier modo faltan fichas. Mi amigo no está seguro. Puede ser él, dice, aunque no está seguro de que esté muerto. Yo sé que está muerto, aunque no estoy seguro de que sea él. ¿Cómo puede uno estar seguro de algo? Si todo recuerdo es ficción. Desempeñan el mismo papel de aquellos filamentos que Bruno Schulz sumergía en una solución química, para ver cristalizado el sentido del mundo. Pero esto no tiene sentido, repetía mi amigo de Flager, cuando me llamó más tarde, apenas transcurrida una hora de nuestra primera conversación. Fue para reiterar que sí, que creía conocer al individuo y que estaba tratando de verificar si lo había visto, vivo, en el centro de un espectáculo en Little Havana. Una performance. La garza negra, en una sola pata, intentado hacer que crea lo que no es. Frente a las garzas blancas y su innata vocación de soledad. Al punto que únicamente se agrupan en tiempos de cría. Pero no, estas pasan ante mi ventana siempre en grupo, con su líder al frente. La soledad es mala consejera. Lo sentencia un viejo son de mi tierra. Y John Ford llegó a pensar que uno se vuelve despreciable cuando está solo. Aunque no es lo que yo pienso, en absoluto. Una performance. Provocadora, pero sin arte, o con muy poco, a no ser que la magia también lo sea. En resumidas cuentas, el arte es magia liberada de la mentira de ser verdad. Una performance, dijo él, pero sin pizca de improvisación. Y con el muerto como protagonista. Vivo para el caso. Es lo que afirmó en su segunda llamada. Y luego, en la tercera, dijo haber recordado que no era la primera vez que lo veía, al muerto, representándose a sí mismo. Muerto. En la performance, donde se suicida ante el público. Y cae, manando sangre, el cuello atravesado por un cuchillo invisible. Dijo también mi amigo de Flager que la última vez que lo vio morir, en la performance, el muerto se encontraba ya muerto, puesto que fue algo después de que yo le enviara la foto. Y dijo que el muerto, vivo, está anunciando una nueva exhibición—performance para los próximos días, en Little Havana. Aunque no en un salón de exposiciones, sino en un club nocturno: *El espectáculo no es ocurrencia mía, ustedes mismos lo producen, con sus ojos y quizá con su espíritu.* Así lo enfatiza el comercial de la performance que mi amigo de la calle Flager dice haber visto cuando el muerto se encontraba muerto. ¿Y por qué dudarlo? Sí sabemos lo que sabemos: que el mundo real está lleno de magia, por lo que es fácil que los actos mágicos se hagan realidad.

BLANCURA

¿Será invisible? El cuchillo invisible. ¿Inexistente acaso? La suave espiral invisible que va del pensamiento hacia la mano, del ojo hacia el cuchillo, Circe Maia. Pero no conseguimos verlo. En aquel centro nocturno dijeron que había trasladado el escenario de sus performances. Tampoco dimos con él en otros lugares anunciados, como el Club Ball & Chain, Fairchild Tropical Botanic Garden, Bayside Marketplace…Nunca llegamos a tiempo. Es como si Dedi —que así se hace llamar— traspasara capas inaprensibles de la realidad. O como si volase lejos de la suave espiral de nuestros ojos. Al hombre, como al pájaro, dijo mi amigo, lo perdemos de vista cuando se eleva. Quisiera creerlo. Pero no, pienso que no escapamos de la realidad sino creyendo que escapamos, al tiempo que nos hundimos en ella. Mi amigo tiende al platonismo, entre otras eutrapelias que son sus cartas de triunfo. Además del don para recomponer lo que pasó ayer, o en tiempos remotos, y el infalible olfato para orientarse a ciegas. No en balde sus progresos como reportero y detective free lance, escudriñador de las oscuridades miamenses. Pero en resumidas cuentas no hemos podido ver a Dedi. O no lo he visto yo. Es que ni siquiera logro recordar dónde y en qué circunstancias tropecé alguna vez con su cara, allá en mi tierra. La memoria es un guayo, la mía, raspa lo que puede y el resto sobra. Recortaduras inconexas. Mi amigo no sólo recuerda haber visto a Dedi, y vuelto a verlo. También recuerda que ya lo había visto antes de verlo traspasando su cuello con el cuchillo invisible. Blanco como el insomnio. Algo parecido al modo en que Bolaño vislumbró la ausencia, en aquel camping. Pero entonces, ¿la ausencia es blanca? ¿Y por qué el negro es la ausencia de color? Todo desaparece mediante un agujero negro. Por más que se trasluzca en blanco el deseo de desaparecer. *Blancura* le llama mi amigo a la manera en que la gente huye de sí misma, empujada por las dificultades para ser. Son sus términos, los de mi amigo de la calle Flager. Así ha intentado explicármelo mientras yo atendía el salta y corre de los gorriones. No sobresalen por su número, como en La Habana. Por lo menos no en este parque de West Kendall, donde nos sentamos mi amigo y yo, de tarde en tarde, todavía con ganas de desarreglar el mundo. Caminan dando brinquitos, los gorriones. Flejes en el cuello. Impasibles vistazos. Aéreos aun cuando caminan. ¿Serán más ligeros que el viento? He leído que los atraviesa, el viento, y que ellos consiguen perforarlo como casi ningún otro ser volador. Diez mil años perforando el viento a campo despejado. Hasta que resolvieron invadir los centros urbanos, en huida, no sé si de sí mismos, como aquella pobre gente de la que mi amigo estuvo hablando. Los gorriones escapan de la dificultad para sostenerse por sí mismos. Entonces van y anidan en las urbes. En tanto anida para ellos la amenaza de extinción, en las urbes. Son un frágil emblema de la eternidad, apuntó Zagajewski sobre los gorriones. Pero ¿cómo podrían ser eternos, si la idea de gorrión no acopla con la de jaula? Continúan siendo libres en los centros urbanos. Aunque se me hace que su libertad deviene símbolo vacío de significado, igual que la mía. Eso es precisamente la *blancura*, puntualiza mi amigo. Y cuenta que antes de la última desaparición de Dedi, él lo había visto aparecer y desaparecer. Y hay casos en que no lo vio pero lo recuerda a través del recuerdo de otros. Yo, en cambio, no consigo recordar a Dedi. Sólo recuerdo su cara, sin entorno, aturdido dentro del remolino de las rememoraciones. Puede ser, o no. Dedi no fue visto por mi amigo allá en la tierra. Sin embargo, recuerda que alguien le contó haberlo visto. En una performance de Arte Calle, aventura revolucionaria, así que efímera, condenada a extinguirse en menos de lo que vuela un gorrión. En los ochenta quizá. En La Habana. También se hacía llamar Dedi. Performance única, no por excepcional, sino porque no fue posible exhibirla más de una vez: *Dedi y el ganso sin cabeza*. Título que se me antoja extraído de una leyenda del antiguo Egipto, justo donde es mencionado el primer mago de la historia, o de la leyenda. *El Papiro de Wetscar*, si la memoria no me falla (pero puede fallarme), así se le llama al texto egipcio que narra las fascinantes aventuras de Dedi, experto mago, cortando cabezas de animales y haciendo que éstos permanecieran vivos. Sin cabezas. A la espera de que el mago volviese a colocar cada una de las cabezas donde iba. Cierta vez, si la memoria no me falla, el faraón Keops le pidió a Dedi que hiciera lo mismo con las personas. Y como el mago se negara, ordenó rotundamente que lo hiciera al menos con las cabezas de los criminales confesos y bajo condena. No obstante, cuenta la leyenda que mucho más que cortarlas, Dedi prefería colocarlas en su lugar. Y antes o por encima de las personas, prefería a los animales, gansos particularmente. Aunque no era un ganso el protagonista de *Dedi y el ganso sin cabeza*, la performance que el amigo de mi amigo dijo haber presenciado en La Habana. Era una tortuga pintada de color verde olivo y con tricornio. Rojo y estrella blanca al centro, el tricornio. Dedi lo suprimía, con cabeza y todo, cortando el cuello de la tortuga con su cuchillo invisible. Luego iba a ocultarse detrás de una cortina, mientras la tortuga, cataléptica pero con vida, quedaba sola sobre el escenario, sin cabeza. ¿Mirándose por dentro? Hasta que finalmente Dedi la llamaba con una serie de silbidos. Entonces la tortuga, sin cabeza, entre aplausos, emprendía lenta retirada hasta desaparecer. Mutis indefectible. He aquí la cuestión, desaparecer, no ser lo que eres, dejar de serlo. Sería menos doloroso que el anhelo de ser para siempre. Cuando el sol se eclipsa para desaparecer, se ve mejor su grandeza, Séneca. Pero no siempre tiene que ser así, ni es siempre deseable. Por más que no armoniza con el platonismo de mi amigo de la calle Flager. Él ha tenido a bien aclarármelo, mientras nos ponemos en camino para abandonar el parque. Pronto vendrá la oscuridad. Dorados son los muros por donde cae la luz del día, Frost. Nada dorado permanece.

LLUVIA

La lluvia es una cosa que ocurre en el pasado. Quizá tuvo razón Borges. Pero desde la noche de anoche llueve sin parar, en presente, por lo que no pude realizar mi caminata mañanera. Tampoco podré ir con mi amigo de Flager al sitio en que el muerto fue visto por última vez vivo. Llueve con ganas, decían los viejos allá en mi tierra, están lavando el mundo. Por más que allá la lluvia no es igual. Nunca cae en presente sino en la víspera. Antes de que caigan los edificios, derrumbados, la lluvia cayó. Cantan las ruinas. También solía cantar Teresita Fernández, cuando la lluvia aún era sólo lluvia, niña de cristal azul. De aquellos tiempos precisamente recuerdo la cara del muerto. Pero no al muerto, vivo. Mi amigo supo que después de su última performance, en Florida, ha continuado apareciendo para desaparecer en otros Estados: North Carolina. Arizona. Utah…Aparece, de pronto, desaparece. Si penetras en la invisibilidad, la invisibilidad penetra en ti. De tal manera lo formularon aquellas brujas pretéritas de Irlanda, seguidoras de Feth Fiada, amo de las brumas.

La invisibilidad te vampiriza, decían, según mi amigo, adepto al platonismo. Él sueña con brujas irlandesas que ensartan la neblina con sus escobas, volando hacia el plano astral. No se ve claro. La neblina tampoco deja ver. Mientras llueve, cuesta seguir la marcha de los acontecimientos. Unos pocos centímetros más allá de mi ventana, el golpeteo de las gotas, gruesas como dedos, el gozoso jadear de las acacias. Y luego está el silencio dispuesto por la lluvia, que nunca cae callada. Mi amigo me ha dado un adelanto. Para que el silencio exista es menester que se le nombre. ¿Cuándo llueve? Dijo que alguien le contó sobre la última aparición y desaparición de Dedi en Miami. Y tal vez sobre otras apariciones y desapariciones en otras ciudades. Rumores intrigantes que se ha propuesto esclarecer. A mi amigo le apura saberlo todo sobre desapariciones. Son los empalmes de su platonismo con la cuarta dimensión. ¿O será con la quinta? Cuatro o cinco entre siete. El plano astral, donde no existe el tiempo y toda distancia es relativa, así que no cuenta, para nada, erguirse y caminar, la más antigua y trascedente práctica humana a lo largo de cuatro millones de años, o más. Viajas a la velocidad del pensamiento, desde tu habitación hasta el confín de las galaxias. Mi amigo se proyecta especialmente entusiasmado con las desapariciones del muerto vivo. Y con las invisibilidades de su cuchillo invisible. Esto huele a peripecia, me ha dicho. ¿Pero a qué huele la lluvia? A ozono, a bacterias, a humedad... Aunque de acuerdo con los doctos climatólogos, la humedad no posee un olor particular. Huele a lo que huelen los olores que la permean. Lo cual explica de alguna manera por qué la lluvia huele a recogimiento, ausencia, gorrión, nostalgia. Y también a peligro cuando la lluvia cae allá en mi tierra. Pero ¿qué es mi tierra? Algunos rincones intangibles. Amigos, pocos. Canciones, más. Citas. Encuentros. Desencuentros. Algún que otro recuerdo, rastrojo de olvidos. Suma mermada por infinitas restas, Pitol. ¿Parientes? Aunque no. Tremola en algún nicho dentro de mí la tierra de los seres queridos, escasos pero no insuficientes, los que me quieren y a quienes quiero incondicionalmente. Porque de acuerdo con algún bolero, cuando queremos, nos estamos queriendo sobre todo a nosotros mismos. Y yo no me quiero mucho, no incondicionalmente, o así quiero creerlo. No es lo que eres lo que cuenta, es lo que quieres creer que eres, Warhol. Pero, ¿qué es creer? Creo definitivamente que uno no pertenece a tierra alguna. A una ciudad tal vez, habría remediado Cioran. Pero ya quisiera yo. Menos que a una ciudad, creo pertenecer si acaso a una movediza parcela de mi mala memoria. Náufrago entre hundidas tierras, mientras más cerca de una o de otra, más lejos de las dos y de mí mismo. En parte debe tener razón mi amigo con aquello de la *blancura*, maroma existencial. Te escapas, borrando el rastro, para mantenerte a salvo de ti mismo. Siempre que no llueva, añadiría yo. Porque ya se ha visto que del olor sin olores a veces emana olor de ausencia. Entonces huele la ausencia. Y si huele, ¿será realmente invisible? Es un viaje que nos permite llegar a cualquier parte. Sin embargo, debemos emprenderlo solos ya que, por largo que sea el camino, al final el viajero siempre retorna al origen de todo, a sí mismo. Mi amigo de Flager ha echado el guante a Calvino. Ensaya una posible explicación sobre el deseo de *blancura*. Que no es ausencia ni quiere decir olvido. Tampoco es necesariamente invisibilidad. Lo invisible arde dentro de la luz, parafrasea. ¿Pero qué arde dentro de lo invisible? La última vez que fue exhibido el invisible cuchillo del muerto vivo, corrió la sangre de un vivo al que daban por muerto. En North Carolina. Es lo que adelanta mi amigo de Flager sobre sus últimas pesquisas. Aunque tal vez no lo entendí. Por el ruido de la lluvia. ¿Será que existe algún tipo de conexión? El muerto vivo deja muerto a un vivo al pasar por North Carolina. Pero ¿a quién? ¿Cómo? ¿Por qué?

DESAPARICIONES

Pistas del mal, mi leño vio algo esa noche. Es lo que me dijo Log Lady. Tenía que ser, el leño no estaba pero era ella: agria, mayestática, fealdad con gafas de montura roja, flequillos sobre la frente. Claro que no es lo mismo verla en Twin Peaks. El genio de Lynch, evadiéndose, esencia y zumo de su lámpara. Pero ¿qué duda cabe? Era ella, la señora del leño. Sólo que con el gusto que me ha dado verla en la televisión, no sé por qué se me aparece, tan sombría, en una pesadilla. Hay razones para el contrasentido, igualmente me dijo. Y cuando se lo comenté a mi amigo de la calle Flager, tuvo a bien recordarme aquello de la fuga psicogénica, recreada justamente por Lynch. Sujetos que se desplazan en tiempo y espacio, mentalmente, huyéndole al mal, que acorrala. Sin embargo, que yo recuerde, Twin Peaks no recrea fugas psicogénicas, sino apariciones y desapariciones. Del mal sobre el bien, completó mi amigo. Entonces se puso a relacionar sus más recientes descubrimientos acerca del muerto vivo, cuyas huellas lo han empujado en un rapto de huroneo hasta Asheville, en Carolina del Norte. Me hubiese gustado acompañarlo, o tal vez no. El ancla de plomo de mis tedios. Igual que Kozer, ducho me he vuelto en convivir a solas con la desgana. Tampoco fue necesario que le acompañase, ya que en breves horas mi amigo consiguió lo que buscaba. Poco pero suficiente. Se desperdiga la lluvia sobre West Kendall. Desde hace dos noches con un día, tintineo cerrado. Apunto con un dedo a las alturas pero no consigo ver más que el dedo. Nada es todo lo que hay, Robert Creeley. Y algo más que nada, pero suficiente, conoció mi amigo sobre el paso de Dedi por Asheville. Había exhibido su performance, función única en aquella pequeña ciudad. ¿Por qué voló tan lejos? ¿Para qué? Por lo pronto, mi amigo no estaba en condiciones de darme respuestas sino de plantearse preguntas a sí mismo. ¿Era casualidad que apenas unos minutos después de concluida la performance del muerto vivo, encontraran muerto, muy cerca, a un vivo al que daban por muerto, según la policía, y que había vivido en los últimos años con identidad ajena? ¿Fue por azar que el vivo al que daban por muerto apareciera con el cuello atravesado por un cuchillo que la policía no pudo encontrar en la escena del crimen? ¿Invisible? Soy la herida y el cuchillo, Flores del mal. Todo misterio radica en lo visible, es lo que añadí sin nada mejor que decir. Pero mi amigo estuvo de acuerdo. No por gusto ha logrado agenciárselas para obtener una foto del asesinado: Fernando Aguilar, mexicano, dos imposturas recién descubiertas que ahora intenta situar bajo su lupa. Algún día mi leño tendrá algo que decir sobre esto, sentencia, chota, lúgubre, paródico, con lo cual no ha pretendido burlarse de Log Lady sino de la pesadilla que tuve anoche en medio de la lluvia, justo después que mi amigo llamó por teléfono para contarme que la policía no hallaba una buena pista incriminatoria contra Dedi. No es lo mismo lo bueno que el bien, Fedón. Pero de cualquier modo no le habrían servido las buenas pistas. Porque el muerto vivo se hizo invisible, con su cuchillo, apenas finalizada la performance. El velo de la rutinaria percepción será cambiado ante tus ojos, dicen que habría anunciado al comienzo del show. Bardo Thödol. O es lo que cuenta mi amigo que le contaron. También puntualizó que el vivo muerto de Asheville fue sepultado con estatus de total desconocido, puesto que sus documentos de identificación pertenecían a otro, muerto desde hace años. Muerto vivo desconocido deja un muerto por conocer. Que igual será conocido, según mi amigo. Demasiada presencia para no ser sino vacío, augura. Pero no acabo de atraparle la yema al asunto. ¿Se refiere al vivo muerto de Asheville o al muerto vivo del cuchillo invisible? Cabe la probabilidad de que estuviera elucubrando en torno al mal, que nunca brota de la nada. Tan simple como eso. Igual que los hongos. En fin, lo que consta hasta ahora es que el vivo muerto de Asheville no era quien decía ser. En buena ley no consiguieron identificarlo. Por lo que mi amigo se ha puesto a hilar sus conjeturas. Cuando sepamos quién era el vivo muerto, tal vez sabremos de paso hasta qué punto tuvo que ver, o no, su muerte con el muerto vivo. Por lo que de momento resolvió extender brevemente su estancia en North Carolina. La razón manda y controla, Platón. Y la oportunidad la pintan calva. Así que me he apresurado a sugerirle que aproveche la coyuntura para dejarse caer por Black Mountain College, quiero decir por sus ruinas. No más faltara, ya está en el plan, repuso mi amigo sin pensarlo. La memoria también es un detonante. Y una transferencia de energías. Charles Olson tuvo que dejarlo definido, en Projective Verse, poética de la postmodernidad. Reflorecimiento pródigo. En Black Mountain College, aquella universidad pobre pero tan rica como ninguna anterior o posterior. Suerte de Arcadia griega en plena Norteamérica, aunando progreso tecnológico y humanismo, que no congenian, pero sí, ¿por qué no? La peor gestión es la que no se hace. Hay personas que experimentan la caída de la lluvia, otras simplemente se mojan, Bob Marley. El hecho concreto es que no escampa, desde hace dos noches con un día, y algo más. La lluvia. Todo cae en su sitio, Creeley. Pero bajo esos pétalos, en el vacío, se contempla la flor, Olson. Dos gravitaciones en órbita de lo imperecedero. Girando entre las ruinas de aquella Arcadia yanqui que hoy a duras apenas llega a ser pálida inmanencia al pie de unas montañas y frente a un lago negro. Por más que ya quedamos en que es negra la blancura. Ser. Que es y será. Tan pronto puso un pie en lo que resta de Black Mountain College, mi amigo envió fotos por WhatsApp. Mazazo en la melancolía. Y otro en la retentiva fue la foto de la performance que logró conseguir. Aparece Dedi, a distancia y entre el gentío, pero es él. Y al ver la foto, he recordado o creí recordar de dónde recuerdo su cara.

MARIPOSAS

Cada vez que amanece el número de tontos crece, aleccionaban los viejos, allá en mi tierra. Así que me tiré de la cama antes de que creciera, conmigo, a mi paso. El sol. Está saliendo al fin sin lluvia. Después que he salido yo a restablecer las caminatas mañaneras. Hoy por la 137 Southwest, en dirección a Homestead. Cambio de ruta, porque de pronto tuve un pálpito. Había estado leyendo a Carver, cuando aún era oscuro. Entonces me he vestido y vine a caminar, acogiéndome de buena gana a todo aquello que la naturaleza da. A quien madruga, Dios lo ayuda, también sentencian los viejos en mi tierra. Cuando la luz trepa entre sinuosas lejanías, todo parece nada bajo sus gravitaciones. No queda ni un resquicio para lo invisible. Entonces tuve aquel pálpito, o un temor más bien. ¿Quién me garantiza que si volviera a pasar por el sitio en que tropecé con el muerto vivo, junto a la línea del ferrocarril, en 152 Street, rumbo al zoológico, no estaría esperándome, otra vez muerto? Así que he optado por el cambio de recorrido. Por más que no baste para disipar el temor. Siempre habrá invisibilidades que se agazapan. De modo que no sé si será en vano. Previsor en todo caso. Luego de haber determinado finalmente las circunstancias en que conocí al muerto vivo. Quiero decir cuando tuve noción de su existencia. Pero tal vez no. ¿Existe otro otoño tan largo como el de Florida? Cielos de insondable azul. Lo he visto alargarse hasta mediados de diciembre, sin mayores atajos que aquellos que a veces impone la lluvia, intempestiva, dada a soliviantar las estaciones. Larga también es esta tira de asfalto. La 137 Southwest. Se dilata al tiempo en que el ajetreo de la luz mueve el paisaje. Como si me corriera delante. Y no le alcanzo. Más cerca, más lejos. Pronto habrá de sobrarle animación. Nerviosismo, bulla, atolladero. Volveremos a vernos en la gran ciudad de aquel alemán, judío, hijo de un anticuario. Superficie de fugaces encuentros y rápidos desvanecimientos, lugar de simultaneidades e incesantes transformaciones. Pero será después. Ahora camino, solo. Uno de dos. Minutero y segundero se juntan. Seis y media. La brillantez del sol naciente me hace pensar en lo oscuro que me he vuelto. Wallace Stevens. Y justo en la oscuridad de un calabozo, allá en mi tierra, fue donde conocí la existencia del muerto vivo. Aunque no lo conocí a él, de cuerpo presente. Sólo su fotografía. O menos. Quizá no pasó de ser una descripción. Vívida. Y tanto que con el pasar de los años confundo el recuerdo de la descripción con el de los contornos de su cara atrapados en una foto. De cuerpo presente sólo pude conocer al hombre mediante cuya descripción tendría noticias sobre el muerto vivo. En un calabozo. Qué escalofriante el vaho de la madrugada. Y qué espeso el silencio. Cuentan que John Cage quiso saber a qué sonaba el silencio. A la palabra de

Dios, le responderían con el tiempo Simon y Garfunkel. Pero Cage era agnóstico. Y estaba apurado. Así que decidió encerrarse en una cámara hermética, cuyas paredes absorbieran el sonido, a la vez que impedían oír cualquier ruido del exterior. Fue así como John Cage, en medio del más abarcador silencio, pudo escuchar los agudos chisporroteos de su sistema nervioso y el tenue arrullo de su circulación sanguínea. Entonces supo lo que más tarde revelarían Simon y Garfunkel: el silencio es todo y suena a nada, o nada y suena a todo. En este amanecer, mientras camino por la 137 Southwest, suena, o se me ocurre pensar que suena a un cierto aleteo de mariposas. Son varias. Siete exactamente. Y no vuelan. Están posadas sobre las flores del romerillo. Batiendo alas. No sé si eso les facilita la tarea de libación. Nunca había reparado en el detalle. Reparo en algo más significativo, para mí por lo menos, desconcertante incluso. Son mariposas de mi tierra. Grandes alas negras, con los bordes inferiores de color amarillo, en forma de cadeneta, y tenue porción de naranja en la cola. Todas idénticas. La familia en pleno se puso de acuerdo para desayunar temprano. ¿Habrán venido expresamente a eso desde mi tierra? Es algo que está en auge. Cola de golondrina, así les llaman a estas mariposas. Aunque en la época de mi niñez las identificábamos con el nombre de Coronel. Supongo que por sus leves líneas amarillas, las que con algún esfuerzo pueden ser vistas como galones militares. En todo caso, los únicos coroneles cuya proximidad no me provocaba escalofríos, allá en mi tierra. Quizá por eso no se me despintan. Más o menos parecido a lo que me ocurre con la cara del muerto vivo. Aunque por diferentes motivos. Sin embargo, no acabo de precisar si lo conocí a través de una foto o de una de las descripciones de aquel prisionero político con el que estuve compartiendo el calabozo allá en mi tierra. Le decíamos Rubio, aunque era negro. El prisionero. Cohabitante y contertulio en una cárcel de Matanzas. Rubio era su apellido. Lo recuerdo, sobre todo, porque, siendo negro, le decíamos Rubio. Había trabajado muchos años como investigador de crímenes en una de las numerosas instituciones policiales del gobierno. Poirot a lo isleño. Y le fue bien, o es lo que prefería comentar. Hasta que en una mala hora, lóbrega, como el calabozo, conoció a Dedi, que entonces no era Dedi, sino Belakís, según los partes oficiales, pero se trataba de la misma persona ¿o el mismo espectro?, sin duda. Muerto vivo, apareciendo y desapareciendo, Belakís, o Dedi, o El hombre con la sombra de Humo, que es como solía llamarle Rubio, arrastró su sombra sin sombra a lo largo de todo el país, con aquel Poirot siguiéndole a cada paso, pero sin que jamás pudiese atraparlo. Se infiere que cuando un policía que investiga crímenes anda detrás de una pista, es porque va siguiendo a un criminal, o a un testigo cuando menos. Pero Rubio me dijo siempre que más que por cualquier otra causa, seguía al muerto vivo en busca de la verdad. Nabokov creyó vislumbrarla una vez, la verdad, en el ocelo de un ala de mariposa. Distinguido entomólogo, entre las otras menudencias, reconocía como sus principales placeres escribir y cazar mariposas. Hay gustos que merecen palos. Advierten los viejos allá en mi tierra. Cazar mariposas, truncar energías tan etéreas, sólo era común entre los niños de mi tierra. Y aun así inexcusable. Sin embargo, no debe ser el motivo por el que las mariposas Coronel han desaparecido de los jardines, con los jardines, en mi tierra.

Y ahora reaparecen, sobre las flores del romerillo, en una apartada zona de West Kendall. ¿Nueva catástrofe de signo migratorio? ¿Y por qué me hace recordar aquello de Chéjov? La oruga, repulsiva, se convierte en bella mariposa, pero, en los humanos, la mariposa tiende a convertirse en oruga. No es un misterio a estas alturas, añadiría yo. Aunque, total, ¿de qué vale? Si ya sabemos que la naturaleza de todas las cosas se enraíza en el misterio. Esa fue la respuesta del muerto vivo cuando mi cohabitante y contertulio en el calabozo intentaba despejar el enigma de sus apariciones y desapariciones. Nunca pudo. Como máximo, parece haber aprovechado escasamente la oportunidad para concluir que el muerto, vivo, sólo se proponía virar patas arriba cada sitio por donde pasara. Con Rubio detrás. Aunque sin dejar muertos. El muerto vivo sólo dejaba develaciones a su paso. Las del nimio dedo que intenta tapar el sol. También dejaba enojos. Que se volvían contra Rubio, al no poder neutralizarlo. Entretanto él mismo, Rubio, era neutralizado por los suyos. Así que se volvió contra ellos. Ahab navegando hacia el fondo de su obsesión. Lo que es decir contra sí mismo. Razón por la que terminaría él también patas arriba. En un manicomio, primero, y en el presidio político después. Intentando dejar constancia escrita de sus memorias, o alucinaciones. Pero, ¿por qué lo hizo? El muerto vivo. ¿Quién era? ¿Qué perseguía? Al no poder explicarlo, Rubio me respondió siempre con preguntas. Inexplicables. ¿Nosferatu? ¿Un zombi? ¿El diablo? ¿Dios? Por el ojo de Dios, como un buzo muerto, entra en el sueño la poesía. Tres. Y ahora que lo pienso bien, tal vez ninguno de los dos estábamos capacitados para marcar límites entre los sueños y lo real, ya que no hubo espacio para la poesía dentro de aquellos calabozos. Buzos muertos. Nuestras propensiones a la ofuscación nos condujeron a trastrocar realidades y sueños. No sé si yo era un hombre soñando que era una mariposa, o si soy una mariposa que sueña haber sido un hombre. Zhuangzi. Así como posiblemente nunca vi fotografiada esa cara que creía recordar por una foto, Rubio pudo haberse negado a ver lo que veía, mientras aceptaba haber visto lo que no vio. Sea como fuere, ahora no queda menos que asumir como un enigma, indescifrable, las nuevas apariciones y desapariciones del muerto vivo. Ver el infierno en un grano de arena y el paraíso en una flor silvestre. William Blake. Por cierto, el paraíso, o punto menos, convoca al descanso del caminante. La invitación me sale al paso hacia el final del recorrido por la 137 Southwest. Reyes Juice Fruits, reza una pancarta a la entrada del restaurant de los Reyes, guajiros de mi tierra. Otro desbarajuste migratorio. Como las mariposas Coronel, la familia Reyes quiso mejorar la calidad de sus libaciones. Voló. Y hoy son dueños de este restaurant, donde cada mañana desayuno un pedacito del cielo de mi tierra: pan con puerco asado y batido de mamey.

CASUAL

Desaparecer. ¿Será únicamente un subterfugio de la identidad? Mi amigo de la calle Flager dice que así lo ha leído. Pero por instinto de escudriñador free lance de las sombras, él no acostumbra tomar al pie de la letra lo que ha leído. Solo sigue en lo suyo. Desmadejando, hilo a hilo, todo cuando puede, sobre los subterfugios del muerto vivo. Y doy fe de sus avances. Sobre todo en lo que se refiere a entusiasmo. Anoche, desde Phoenix, me adelantó que está dándole vueltas a la idea de escribir un libro. Además de lo otro. Porque ha enviado ya varias crónicas y reportes informativos para la televisión hispana de Miami. Acerca del muerto vivo. No me quedó claro si proyecta juntarlos, con otros que se agreguen, para conformar un libro. ¿Extenso reportaje? ¿Una novela? ¿Pero aún se reconocen diferencias de género? En torno al muerto vivo. Mi amigo de Flager arrastrado por la ola, ¿surfeando sobre la empinada cresta de la Auto—ficción y el narcisismo metaliterario? No me parece mal. Ni bien. No es mi asunto. Lo malo no lo es sino en la medida en que es negación, sinsentido, vacío. San Agustín. Desde luego que no hay negación, sinsentido, vacío, que no puedan ser explicados como males en sí mismos, ajenos incluso al mal, que sólo llega a serlo por su intermedio, según el Obispo de Hipona. Los males que conlleva el cuchillo invisible todavía no han sido desentrañados por mi amigo, en tanto males en sí mismos. Es lo que me dijo anoche, cuando me llamó desde la capital de Arizona, adonde lo condujo una nueva performance del muerto vivo, provocadora de la muerte de otro vivo, con el cuello atravesado por un cuchillo. ¿Será casualidad que este nuevo muerto fuera también un vivo de mi tierra que vivía en Phoenix con la identidad de algún mexicano muerto desde hace años? Es lo que me preguntó mi amigo de Flager. ¿Casualidad? No existen, de acuerdo con el tópico. Pero tampoco deben ser inapelables los tópicos. Causa ignorada de efectos desconocidos. Eso estaría bien dicho como remedio de conciliación. Aunque tal vez mejor estuvo lo que me dijo mi amigo: si no andas en busca de la casualidad, difícilmente podrás reconocerla cuando aparezca. Y al parecer es su caso. Él necesitó, ante todo, hallar el efecto desconocido de la casualidad para después hallar su causa. Lo casual suele darnos aquello que no le pedimos —me comentó también desde Phoenix—, pero convertir lo casual en lo que verdaderamente esperamos es algo que no depende de la casualidad. Y dale con las casualidades. ¿No fue en Phoenix, o en alguna montaña cercana, donde estuvo enclavado el siniestro laboratorio del doctor Cory, protagonista de *El cerebro de Donovan*? Mi amigo no lo ha pasado por alto. Quiero decir que también situó bajo su lupa la posible participación del muerto vivo en ambos asesinatos, el de Asheville y el de Phoenix. Menos dudas le quedan —puesto que dice haber realizado ya las investigaciones pertinentes— sobre el hecho, ¿casual?, de que las dos víctimas fuesen hombres de mi tierra, usurpadores de la identidad de mexicanos muertos. Dedi, con su cuchillo invisible, va delante de mi amigo, pero no haciendo lo que hizo cuando iba delante de Rubio, aquel policía, en caso de que fuese el mismo individuo, o espectro. El dominio del mal causa desorden. Pero de acuerdo con lo que ha pronosticado mi amigo, Platón redivivo en la calle Flager, orden, lógica, no faltan en el dominio que va imponiendo a su paso el muerto vivo. Un poder de mala entraña ejercía el cerebro de Donovan sobre su presumible salvador, el doctor Cory, quien, una vez muerto Donovan, se empeñó en conservar vivas sus células grises. Es la gran novela de Curt Siodmak. La gran película de Feist. La gran adaptación radiofónica de Orson Welles. Aquel cerebro del muerto, vivo, se iba adueñando progresivamente de la voluntad del científico. Siempre para mal. La casualidad también nos da lo que nunca se nos hubiese ocurrido pedir. Pero, ¿sería casual que al paso del muerto vivo, Dedi, por Asheville y por Phoenix fueran quedando muertos esos hombres de mi tierra que vivían con falsa identidad? Es difícil despejar un misterio, pero no dejarse cautivar por él. Así que mi amigo de Flager ha resuelto meterle el cuerpo. A fondo. Es lo que me dijo desde la capital de Arizona, escenario que eligió Siodmak, gran alucinado del expresionismo Alemán. Con diez mil millones de neuronas, cien mil millones de células diminutas. un microcosmos sacudido por continuas descargas eléctricas, el cerebro humano, prodigioso aparato. Miles, cientos de miles de veces más complejo y perfecto que las computadoras más sofisticadas. ¿Hasta qué límites podría extenderse ese poder? Curt Siodmak intentó contestar a su manera, mediante una obra maestra de suspense y terror. Mi amigo de Flager no está seguro de haber hallado contestación al alcance de su mano. Todavía es muy pronto, me repite cada vez que llama por teléfono. No obstante, con todo y la prontitud, resultan obvios sus adelantos. No únicamente develó la verdadera identidad de los muertos en Asheville y Phoenix. También dice tener motivos para sospechar que estos muertos se conocían entre sí. Nadie en Asheville y en Phoenix llegó a saber quiénes eran realmente ni qué les condujo a instalarse en sus territorios. Sin embargo, es probable que cada uno de ellos dos supiera quién era el otro y qué se traían ambos entre manos. Hay nuevos misterios a la vista, sin solución hasta ahora, pero con algo mejor: un camino para adentrase en ellos. Es lo que me dijo mi amigo al final de su último telefonazo, muy atropellado, por cierto, pues se encontraba en el aeropuerto de Phoenix y ya estaban llamando a los que, como él, tenían boletos para volar a Houston, Texas.

EL MAL

Gratuito. Inmotivado. Así pensó Bataille que debe ser el mal para serlo en pureza. Yo no me apuraría a suscribirlo. Como no sea que el mal, gratuito, inmotivado, pase de mal a peor. Pero a fin de cuentas, no hay que estar de acuerdo con todo lo que pasaba por la cabeza de Bataille, por más muestras que diera de su dominio sobre el tema. ¿O no fue por su cabeza por donde pasó el plan de cortar la cabeza de algún miembro de su propia sociedad secreta, con la que pretendía fundar una nueva religión? Gratuita forma del mal. En estado puro. ¿Qué duda cabe? Siempre que la cabeza cortada no fuera la de Georges Bataille. Es lo que pensaba él, supongo. Lo curioso es que enseguida se ofrecieron candidatos. No para cortarla sino para dejársela cortar. No la de Bataille, sino la de ellos mismos, acéfalos voluntarios dentro de la secta Acephale. Tampoco me apuraría a inscribirme en una organización como aquella. Ni en ninguna otra. Secreta o no. Creo tener la cabeza donde corresponde. Hasta este minuto, cuando precisamente acaba de llamarme por teléfono mi amigo de la calle

Flager, desde Houston, Texas, donde se ha exhibido una nueva performance del muerto vivo, con la consecuente muerte de otro vivo que vivía usurpando la identidad de un muerto. En ascuas, mi amigo busca la conexión con los demás vivos, muertos por el cuchillo invisible, o así lo conjetura él. De hecho, obtuvo los primeros indicios aun antes de presentarse en la escena del crimen. Pues, hasta el hotel donde se hospedaba, en Phoenix, le había llegado por correo postal la foto de un cierto club nocturno. ¿Quién se la envió? Ni puta idea. En cambio, supo de inmediato que en ese club, Vértigo, de Houston, iban a ser expuestos la performance y el muerto. En Houston me parece que fue donde Zagajewski escuchó por vez primera el canto de un sinsonte. Y no le gustó mucho que digamos. Sólo imita otros cantos, habría escrito el poeta. Sin reconocer, quizás, o sin detenerse a observar que se trata exactamente de lo mismo que hacen los poetas. Allá en mi tierra, tal vez en todas, los sinsontes, como la originalidad, andan de capa caída. Desde la primigenia. ¿Será que si no es en su entorno natural, sinsontes y poetas no logran absorber las moléculas de lo genuino? Cualquier residente urbano, allá en mi tierra, pudo haber crecido sin ser testigo del virtuosismo de un sinsonte sin dueño. Tiempo atrás. Ahora los sinsontes, auténticos prodigios de la improvisación, aunque a partir de lo cantado por otros, igual que los poetas, cantan por el mero alimento. En la ciudad. Sujetos a un tipo de opresión. Más y menos enrejados. Igual que los poetas. Allá en mi tierra. ¿Pero acaso sabría Zagajewski que para cantar como Dios manda, los sinsontes precisan haber aprendido a cantar sin otro imperativo que no fuera el de su intrínseca naturaleza? Igual que los poetas. Presumo que sí lo sabía. Tuvo la ocasión de aprenderlo. No obstante, no llegó a gustarle el canto del sinsonte. A mí, en cambio, me viran al revés, de puro gusto, los sinsontes cantores de West Kendall. Es como si quisieran devolverme, desde el último gajo de aquel Silk Tree, los cantos desvanecidos entre guásimas de mi tierra. ¿Pero por fin qué es eso? Mi tierra. Las cosas de las que uno está seguro nunca son verdad: es el error de la fe y la lección del romanticismo. Wilde. Aunque en lo que respecta a mi amigo de la calle Flager, debo aceptar que se proyecta convincentemente seguro cuando apuesta por el símil con las tenebrosidades de los antiguos irlandeses. Hoy mencionó otra vez a Revenant. Ha venido mencionándolo en sus últimas llamadas, siempre para referirse a Dedi, el muerto vivo. Aunque no por muertos vivos, los Revenant deben ser confundidos con los zombis que desaniman en estos días las películas ¿de terror? Nada de excrecencias de la cultura pop. Clásico esqueleto rumbero. Errante. Muerto que regresa a la vida con la encomienda de vengar algo. Así suelen ser los Revenant. En la cuerda de aquel atildado personaje de Lord Byron. Sin embargo, es presumible que mi amigo no esté hablando en serio. Siempre que dice Revenant donde va Dedi, tendría que admitir que va detrás de un muerto. Por más que Platón le haya enseñado que cualquier presencia material es copia, imperfecta, de lo que es. No hace mucho vi una película en que todos los vivos en realidad son muertos. Los otros. Muertos. Vivos. Apariciones. Raros conductos con el mundo. Pero ya que todos son muertos, ¿quiénes son los otros? ¿De qué mundo estamos hablando? Alma y cuerpo, según los platónicos como mi amigo de Flager, representan la separación entre la materia y su contraparte. Lo que no se ve. Por lo cual no deja de ser materia. Aceptarlo equivale a lo que para Bataille significó asumir la endemoniada interconexión entre mundo real y paranormal. Demasiado enredo para mí gusto. No hay que trastocar magia con mística. Es lo que he sugerido a mi amigo de Flager. No sé si un poco tarde, pues su insistencia en mencionar a los Revenant se hizo patente después de que yo le contara la historia que me contó Rubio, aquel policía, contertulio en el calabozo. Quiero decir que mi amigo empieza a mirar con prevención la magia del muerto vivo, Dedi con su cuchillo invisible. ¿Magia o mística? Son porosos los límites. Aunque establecerlos, si es que fuera posible, tampoco parece resultar de apuro para mi amigo. Lo que está priorizando ahora —me dijo— es el desenredo de otra incógnita que le dejara Dedi con la exhibición de su última performance, ¿vengadora? Pues, resulta que este tercer muerto no era de mi tierra, como los otros. Y aunque igualmente usurpaba la identificación de un mexicano muerto, no tenía domicilio en la ciudad. A diferencia de los dos anteriores, el muerto de Houston residía en Miami, y sólo pasaba por allí en visita de negocios. De modo que a las interrogantes que Dedi y su cuchillo invisible habían puesto a hervir en la sesera de mi amigo de Flager, ahora se suman otras. ¿Quién le envió por correo la foto del club nocturno en que tendrían lugar la performance y el crimen, ambos al mismo tiempo y en el mismo espacio? ¿Por qué? ¿Para qué? Y ya que el muerto no era de mi tierra, ¿qué vincula entonces su muerte con las de los otros dos? Qué significado oculto habría que buscar, si es que existe alguno, en el hecho de que Dedi planeara matar a un miamense en Houston, habiéndolo tenido antes tan cerca, en Miami. ¿Se acreditan debidamente los nuevos supuestos? ¿Y los preliminares? ¿Es plausible aún dejar brecha para el error de interpretación? ¿Desde el comienzo? A mí por lo menos no me sorprendería que el enlace a priori entre estos tres muertos y el cuchillo invisible del muerto, vivo, no fuese más que fruto de nuestro afán novelero. El primer arranque de la inteligencia estriba en desconfiar. ¿De la inteligencia? A la de Axl Rose, el líder de Guns N´Roses, parece haberle fallado ese arranque. Justo en Houston. Hace poco, Rose perdió los estribos cuando escuchó, o creyó escuchar que un muerto se empecinaba en acompañarle al piano. Igual pudo ocurrir que fuera el muerto quien perdió los estribos, de viva nostalgia por los vivos, al escuchar al rockero interpretando su bella canción *November Rain*. Porque nada dura para siempre... Cantaba Rose, cuando interrumpió de pronto el show, impaciente, molesto, para anunciar al público que no podría continuar por culpa del fantasma de algún fallecido que estaba allí, a su lado, rasgando las teclas con sus dedos muertos. Lo que más le sacó de paso fue que el muerto no supiera tocar el piano. Así que lo desconcentraba con notas torpes. Nada del otro mundo, concluyó mi amigo luego de contarme esta anécdota. No porque no lo fuera el muerto admirador de Rose. Lo que quiso decir es que en Houston no suele ser tomado como excepcional esto de que los muertos deambulen, ¿de cuerpo presente?, entre los vivos. Le llaman Ciudad Espacial. A Houston. Pero mejor le llamarían emporio de ultratumba. Creo, incluso, que entre sus principales rubros turísticos alinean los fantasmas. Los hay a cada vuelta de esquina, en casas, establecimientos comerciales, museos a los que acuden en temporada alta miles de visitantes foráneos, sea para ver fantasmas o para ver escenarios en los que se ha dicho que son vistos. Desde The Rice Hotel, donde John F. Kennedy pasó la última noche entre los vivos, en una habitación en la que parece continuar hospedada su ánima. La muerte es en cierto sentido una impostura. Bataille. También en el Alley Theatre, cuya dueña, asesinada hace varias décadas, aún se deja caer por allí alguna que otra noche de estreno. O en el bar La Carafe, el más antiguo de Houston, ante cuyos ventanales pasa las madrugadas, cogiendo fresco, el espectro de un corpulento afroamericano, ex bartender, hombre comedido, por lo que se ve, ya que sólo se presenta después de cerrado el local. No es el caso del ex dueño de otro bar, Brewery Tap, espíritu burlón donde los haya, y tanto que gusta infiltrarse en las fotos que se toman los consumidores. Por no hablar del matrimonio de muertos del restaurante The Spaghetti Warehouse, en pleno Downtown de Houston, apariciones roñosas que disfrutan halándole el pelo a los comensales. Son apenas unos pocos entre muchos. Demasiados para mi gusto. La extrema seducción colinda, probablemente, con el horror. Bataille. Es algo que también le advertí a mi amigo de Flager. No sea que se haya visto seducido por la foto que le envió Dedi para anunciarle la performance y el crimen de Houston. Con lo cual estaría indicando que ya conoce las intenciones de mi amigo, que sabe que lo está siguiendo para dar cuenta al público televidente, o lector, sobre sus pasos. Y si así fuera, habría que reconocer puntos de semejanza con la historia que me contó Rubio, aquel policía que le anduvo detrás al muerto, vivo, enardecido por las pistas que le proporcionara, pero condenado a no poder alcanzarlo.

MAGIA

Las arañas atrapan a las moscas y dejan huir a las avispas. Aunque no siempre arañas y avispas encajan en el perfil de Plutarco. A juzgar por lo que me cuenta mi amigo de la calle Flager, a Dedi no parece encajarle ir de menor a mayor. Es por lo que mi amigo ha estado sopesando la conveniencia de interrumpir de momento su periplo detrás del muerto vivo para darse una vuelta por Miami. Ocurre que uno de sus colaboradores en esta ciudad acaba de enviarle algo que le asusta, pero le gusta, como en aquella canción tan pegajosa. Igual que la magia. Donde la conciencia ignora, el inconsciente sabe. Freud. Y según ha logrado saber mi amigo, Dedi, con su cuchillo invisible, podría tener nexos ocultos con algunas otras muertes que ocurrieron en Miami antes de mi tropiezo con el muerto en la línea del ferrocarril. La diferencia entre magia y técnica no es sino una variable histórica, recuerda Walter Benjamín. Pero qué hay sobre las diferencias y similitudes entre magia y arte. Los ojos ven menos de lo que la lengua dice. La lengua dice menos de lo que la mente piensa. Por ahí pudo haber entroncado Dedi magia y arte en algunas salas expositoras de Miami, en las que hace poco tiempo estuvo exhibiendo ¿magia?, ¿arte? con su cuchillo invisible. A mi amigo se le antoja inaudito. A mí no. ¿Es que ha quedado espacio para lo inaudito después de 1917, cuando Duchamp plantó en una sala de exposiciones su común taza de urinario, tal como la había adquirido, por unos centavos, en una tienda de fontanería de la Quinta Avenida neoyorquina? Hasta dónde podría yo dudar con propiedad del sesgo artístico del cuchillo invisible luego de haber conocido que aquel meadero (¿con hedores rancios o sólo con su memoria?), fue seleccionado recientemente por medio millar de expertos, críticos, artistas internacionales, como la obra de arte más revolucionaria e influyente de la modernidad. Por encima, digamos, de *Las señoritas de Avignon*, de Picasso, o del díptico *Marilyn*, de Warhol. Por más que Warhol también flota a veces entre las resonancias aromáticas del meadero. Genio aparte, sus latas de sopa Campbell, copia de una tosca fotografía comercial devenida ¿arte? En todo caso, máxima expresión de un país, una época. El arte de la trivialidad. Simplificación del arte. Pero, por fin, ¿dónde empiezan y acaban arte y magia? Tiene razón mi amigo cuando especifica que Duchamp, auténtico artista, jamás pretendió convertir aquel meadero en una obra de arte, sino en un divertido insulto contra las convenciones. Así que su propósito no era muy distinto del que percibo en las performances del muerto vivo. La magia es el arte de hacer ver lo que no existe y hacer que exista lo que no se ve. El arte, en cambio, si nos atenemos a la sabiduría clásica, debe experimentar un largo período de fermentación antes de hacerse. Arte. Pero me huelo que de este concepto no ha quedado nada por aquí, nada por allá, como en el sombrero del mago. Existen tantas definiciones como interpretaciones y tantas interpretaciones como destinatarios del arte. O sea que a partir de la increíble transfiguración de aquella cosa para mear, la revuelta de Duchamp contra las convenciones inauguró la convención de la nadería. Una rueda de bicicleta puesta del revés sobre un taburete de madera. Bicycle Wheel. Memez. Fama. Dinero. Piero Manzoni exhibiendo (y aun vendiendo) sus propios excrementos enlatados… Lo que soy yo, prefiero a Dedi y su cuchillo invisible. Con perdón de los estetas readymades. Me atengo a un presupuesto de la modernidad, en el cual no creo, pero ahora me cae pintado: cada obra es lo que el espectador decide que sea. En varias salas expositoras de Miami alguien decidió por los espectadores a la hora de no seguir acogiendo las performances de Dedi. Es lo que cuenta mi amigo. De manera que Dedi se fue a los clubs nocturnos. Aunque igual se había propuesto utilizar las salas de exposiciones como eventual trampolín publicitario. Llamar la atención sobre lo inadvertido, oculto, al margen. ¿No es otra propuesta del arte moderno? Pero no sé si de la magia. En todo caso, pudo ser, para Dedi, ¿anticipo revelador de sus planes? Es algo que veremos más adelante, dijo mi amigo, quien ha dejado, a medias, el rastreo del muerto vivo para volar a Miami. Por más que Dedi le habría enviado otra señal, incitándole para que volase a Utah.

JARDINEROS

Los malos hombres y la jardinería. ¿Será verdad que congenian? Si tomamos al pie de la letra lo descrito por Marco Polo, no parece haber existido sobre la tierra otro lugar tan semejante al paraíso como el Jardín de Alá, que no era de Alá, sino de un asesino, quien lo concibió para disfrute exclusivo de otros asesinos. Aunque eso fue allá lejos, por el año 1090, hacia el norte de lo que hoy es Irán. Aquellos fieros amantes de la jardinería, con Hasan—I—Sabbah, su máximo jardinero, a la cabeza, deben haberle ofrecido mucha tela por dónde cortar a De Quincy, ocurrente hacedor del asesinato considerado como una de las Bellas Artes. Joya de la chirigota negra. Aunque no sólo a reír convoque cuando conceptualiza la muerte como un espectáculo digno de ser visto y gozado. Pero, ¿será verdad que congenian? En la película *Muerte entre flores* hay mucha mafia y pocas flores. Sin embargo, en el antiguo Go—Go Club Porky's, de Hialeah, las flores fueron siempre más visibles. Aunque no más flores que mafia. No gratuitamente llegó a ser primordial punto de convergencia para las mafias rusas y las de Colombia. Siniestros floricultores disputándose las cosechas de muerte entre flores. Desde los jardines del bajo mundo miamense. Es precisamente el sitio en que fue tomada la foto que le ha hecho llegar a mi amigo de Flager uno de sus colaboradores en esta ciudad. Y es la razón por la que mi amigo interrumpió su apremiante carrera en pos del muerto vivo para volar a Miami. En la foto están los tres asesinados, ¿por Dedi?, en Asheville, Phoenix, Houston. Dos de mi tierra y uno, el último, que resultó ser ruso con disfraz de empresario mexicano. Pero no solamente hay tres, sino seis sujetos sentados en torno a la misma mesa del Porky's. De los tres restantes, uno también parece haber puesto su cuello al alcance del cuchillo invisible. Según mi amigo, eso pudo ocurrir durante alguna estancia anterior de Dedi en Miami. Pudo ser en el Porky's, que ahora tiene otro nombre, Bella's Cabaret, y otro dueño, por más que conserva el mismo jardín florido de épocas anteriores. Del asesinato considerado como una de las Bellas Artes, deduzco que De Quincey debió penetrar en aquel Jardín de Alá, que no era de Alá, a través de un poema que su amigo Coleridge concibiera dormido, mientras soñaba con las flores de Kublai Khan. El paraíso de los matones. Diez millas de terreno fértil fueron cercadas de muros y torres, y surgieron los jardines, cuenta en sueños el amigo de De Quincey. Allí donde se oían los ritmos mezclados del manantial y los abismos. Era el cielo. De la Secta de los asesinos. Donde los instalaba su jefe, Hasan—I—Sabbah, para adentrarles en el arte de matar entre flores, elevándolos hasta la divinidad con el soporte de los más sensuales placeres. Y mucho hachís. El crimen visto como expresión artística —según

la fina chanza de Thomas De Quincey—, requiere ciertos acondicionamientos. Transgresión de las normas,
incontestable determinación sobre la existencia de los
demás. Al estilo de Dios. Los de la Secta de los asesinos
ultimaban a sus víctimas públicamente, siempre a corta distancia, ante la vista de múltiples espectadores.
Igual que sus vástagos modernos. Terroristas. Mafias.
Solían concurrir en el antiguo Porky's, de Hialeah, hoy
Bella's Cabaret. Allí mi amigo y yo hemos podido constatar que se conserva, incólume, cierta atmósfera, con
esos jardines de la entrada. A ver cómo entroncan los
caminos de las mafias rusas y los narcos colombianos
con los planes del muerto vivo. Y su cuchillo invisible.
Es el motivo que trajo de vuelta a mi amigo de la calle
Flager y es lo que guió nuestros pasos hasta el Bella's
Cabaret. Matar puede interpretarse como un gesto de
poder, que expande el yo y le acerca al panteón de las
viejas santidades. El corazón de las tinieblas. Pero mi
amigo y yo no nos explicamos por qué todos los cuellos
atravesados por el cuchillo invisible —hasta donde sabemos— pertenecen a tipos de tan oscura procedencia.
¿Cuál es la ilación entre las muertes del muerto vivo y
los menesteres de mafiosos y narcos? Si es que al final
resulta que eran mafiosos aquellos mexicanos de espu-
ria, dos de mi tierra y un ruso. Culminación de las performances degolladoras. Otro estilo que incluye De
Quincey en los cánones del asesinato como una de las
Bellas Artes. De esa primera visita a lo que fue el Go—
Go Club Porky's, hemos salido con la corazonada de
que allí debió forjarse algo que tal vez le sirva a mi amigo como el ovillo a Teseo para guiar sus próximos pasos detrás o delante de las acciones del muerto vivo.
Aun cuando esté lejos de saber quién es cada cual,

quién era o es Dedi, a qué obedece su propósito de cortar, una a una, las flores del mal hipotéticamente cultivadas en aquel jardín de Hialeah. Mi ausencia en el paisaje no ensanchará el vacío. A mi amigo le gusta el poeta Brodsky. Y le ha pasado por la mente que si entre los seis retratados juntos en el club, aún quedan dos vivos, el vacío dejado por los muertos no ensancha el paisaje ni anula las perspectivas. Entonces no necesitaría más que descubrir dónde se encuentran los vivos, si todavía siguen vivos, para trazar de antemano la próxima trayectoria del muerto vivo. Tampoco es tarea fácil. Ni siquiera para un experto escudriñando oscuridades. Como átomos con gancho —diría Robert Lowell— se adhieren al cerebro de mi amigo las más mínimas pistas. Pero se interpone lo bien que supieron borrar pistas los floricultores del Porky´s. Células durmientes les llamaba Hasan—I—Sabbah a los asesinos de su jardín que se dedicaban a infiltrarse en predios enemigos, recreando meticulosamente cada rasgo de la personalidad del oponente hostil. Y así vivían años, a la espera de una orden de ataque. Es lo que cuenta mi amigo de Flager, a quien por su lado le han contado que en los entornos del ¿antiguo? dueño de aquel club, un tenebroso judío ucraniano, ex oficial de la KGB, era frecuente ver a más de un paisano nuestro que habrían sido entrenados por los soviéticos para servir al gobierno de mi tierra. Eso se ha dicho. ¿James Bond rojos sobrevenidos Scarface en los jardines del bajo mundo miamense? Nada que sorprenda. Más o menos. Tampoco sorprendería que a pesar de este cambio de módulo, que no de médula, los Scarface por serlo, hayan dejado de ser James Bond rojos. El inconveniente es que mi amigo no acaba de encontrar la punta de la madeja. ¿Por dónde ensanchan el paisaje esos vacíos que van quedando detrás de las performances de Dedi? Y de este abismo, bullendo en incesante remolino. Kublai Khan. Tejed tres veces en torno a él un círculo y cerrad los ojos con terror sagrado. Aunque a mí no me parece sagrado el terror que podrían suscitar los vínculos entre aquellos jardineros del Porky's y nuestro muerto vivo. Ambas partes, por separadas, son ya suficientes para ocasionar terror. Profano. Como el de Coleridge cuando vio en sueños los jardines de la Secta de los asesinos. Pero ya que los sueños suelen ser también recuerdos anticipados, resultaría recomendable tomar precauciones frente al terror que está por venir. Cuando Stevenson soñó con el argumento de *El extraño caso del doctor Jekyll y el señor Hyde*, no pudo prever que tan ilustrativo sueño fuera quizá un anticipo de la realidad terrorífica que iba a conocer en las últimas horas de su vida. Más previsor, Robert Lowell intuyó: si soñara con el infierno, allí me vería a mí mismo. Es lo que tuve a bien recordarle a mi amigo, mientras paladeábamos sándwiches cubanos y cervezas en un sitio que nada tiene que ver con el infierno, la terraza de El Pub, en Little Havana. Finalizada la visita al Bella's Cabaret, habíamos acordado ir a tomar guarapo. Y luego se nos abrió el apetito durante un breve paseo por la Calle 8. Aroma de chicharrones. Frijoles negros con toque de comino y ají. Café fuerte. Refritos. Hervores. Espumas del bullicio de mi tierra. Aunque a veces sospecho que aún más que remembranzas de la antigua capital de mi tierra, pesan sobre Little Havana las ficciones que emanaron de lo irrecuperable. Subjetividad refundada a partir de alegorías, genuinas pero al fin sucedáneas. Para bien y también para mal, mediante los filtros de un folklorismo turístico que aturulló el recuerdo, y lo conserva, aturullado. Como siempre que hemos hecho parada en esa zona, mi amigo no dejó de comentar que cada vez que se ve allí sentado, le parece estar posando para una tarjeta de regalo. Lo paradójico es que esta refracción ilusoria se desplaza hoy en sentido inverso. Desde Little Havana hacia La Habana Vieja. Copiando de la copia sobre lo copiado. Así intentaba resumir mi amigo de Flager una suerte de intercambio de cavilaciones con su cerveza que había improvisado en la terraza de El Pub, epicentro de viejas y nuevas nostalgias. Añorar el pasado es correr contra el viento, dije yo, tal como advertían los viejos allá en mi tierra. No es correr, es mear contra el viento, se apuró a rectificar mi amigo.

OBLICUOS

Vivencias oblicuas. No acabo de atraparle el nervio a
lo que quiso decir Cortázar que dijo Lezama sobre lo
que habría dicho Julio Verne. Pero tal vez fuera una
vivencia oblicua lo que experimenté cuando creía —o
soñé haber creído— reconocer a Dedi en una foto que
nunca vi. Una foto no es el retratado, como la carretera
no es el viaje, pero en ambos casos queda algo del flir-
teo. La fotografía hizo su faena con el ojo. Dylan Thomas. Entonces, ¿había visto o no a Dedi antes de haber
visto su foto, o aun antes de haber soñado que la vi?
Para adivino Dios, pero en lo que nos concierne ahora,
no dudo que resulte posible memorizar lo no vivido.
Recuerdos falsos. Aunque con enjundia. Connatural.
Nuestra memoria es plaza tomada por la imaginación
y el ensueño. Y puesto que es innata la predisposición a
creer en lo que imaginamos, acabamos inventando cosas, de la nada. Este es el tipo de certidumbre que afian-
za las incertidumbres de mi amigo de la calle Flager.
He sabido que ya se encuentra en Hildale, otra pequeña ciudad, Estado de Utah, detrás del muerto vivo. Es

decir, siguiendo una pista que le proporcionara Dedi, o es lo que él supone. Sin embargo, ésta no prospera con la fluidez de otras pistas anteriores. Son fotos de un individuo que mi amigo no ha logrado localizar en Hildale. Tampoco ha tenido noticias de performances o crímenes del muerto vivo, antes o después de su llegada. Queda dicho que toda fotografía muestra menos evidencias que secretos. Cuanto más te enseña, más esconde. ¿Sería ese el motivo de los recelos de Kafka? Le acoquinaba la perspectiva de congelar su rostro en una foto. Lo cual no deja de ser lógico, ya que siempre prefirió esconder mostrando. Mostrando lo que esconde. Dedi le envió a mi amigo una primera foto. Una segunda. Una tercera… Siempre el mismo individuo, en diferentes planos. Su cara, idéntica a la de uno de los hombres de mi tierra que vimos retratados en torno a la mesa del Go—Go Club Porky's, en Hialeach. Por lo demás, una cara más, difuminada entre las tres mil caras que pueblan Hildale. Así que no la tiene fácil mi amigo. Cabos sueltos parecen las fotos. Pistas que no llevan a ninguna parte. No obstante, mi amigo de Flager sabe —cree saber— que Dedi erige lo improbable sobre lo probable. De modo que allí permanece, a la espera de nuevas señales. Un solo cocuyo puede anunciar el fin de la oscuridad, según los viejos de mi tierra. En West Kendall, le llamamos luciérnaga. Pero esta noche no he visto cocuyos. Por más que ahora mismo intento pescar chispas verdes entre los matorrales y la yerba. Lo negro ya empapó todo el espacio. Y eso que aún no había anochecido cuando halé una butaca y me senté aquí, en la terraza, atraído por el clamoroso chirriar de un pájaro prieto con pintas amarillas, una especie de mirlo quizá. En mi tierra le llamaríamos Negrito.

A juzgar por sus chirridos, tenaces, exasperados, debió tener problemas con el nido. Sobrevolaba sin parar los copos de un almácigo, empeñado, creo, en proteger sus huevos de algún depredador. No en balde, todavía a esta hora de la noche salta de aquellos copos algún que otro chirrido, tenue, profundo, doloroso, que me recuerda, ¿oblicuamente?, cierto pasaje de la película *Paterson*. Sus voces atrapadas adentro como niños no nacidos que temen que nunca verán la luz del día. Aunque no, la luz del día no debió ser propicia para las vivencias oblicuas de Lezama. Era un animal nocturno. Cazando oblicuidades entre los anillos de su gran tabaco. Ni las cosas oscuras lo son tanto como para darnos horror, ni las claras tan evidentes para hacernos dormir tranquilos. Aforismo que he tenido a bien recordarle a mi amigo, quien continúa sin localizar al individuo, en Hildale. Tampoco recibió noticias sobre próximas performances, luego de recorrer todos los centros nocturnos. Sin embargo, dice estar seguro de que Dedi se encuentra en la ciudad. Hasta cree haberlo visto, en algunas sorprendentes coyunturas. Aparece. Desaparece. A veces creyó verlo caminando junto a él, o muy cerca, pero sólo a través del reflejo de las vidrieras. Otras veces le ha parecido que lo llama, desde lejos, asomado al balcón de algún alto edificio, o en medio del gentío, en algún comercio o en alguna calle. Su más curioso encuentro, o desencuentro, con el muerto vivo tuvo lugar hoy, en pleno mediodía, momento en que mi amigo dormía la siesta. Aparición fugaz pero muy embrollada. Al punto que mi amigo de Flager no pudo discernir si realmente lo vio en el sueño, o si se vio a sí mismo creyendo ver al otro. O si vio al otro al soñar que se veía a sí mismo abrazando al otro. Diluido en el otro.

Para aflojar crispaciones, le he preguntado a mi amigo si comió cangrejo en el almuerzo. Y pude oír que reía. Remitiéndose sin duda a la hartada de cangrejos que provocara en Bram Stoker aquella aterradora pesadilla de la que iba a regresar con Drácula de la mano. Hay una razón de por qué las cosas son así, ripostaría mi amigo, a su vez. Frase ambigua, que me suena extraída de la versión fílmica de Coppola. No obstante, un tanto en broma y otro en serio, consideré oportuno recordarle el final de Stoker. Cuando san Jorge clava su lanza en el dragón, es su caballo y no el dragón quien se desploma muerto, volvería a parafrasear como respuesta mi amigo de Flager. De manera que, en joda o no, me arrastraba de vuelta a Lezama. Con sus vivencias oblicuas, engendros de la noche, una de las dos patrias de Martí. ¿O eran una las dos? En cualquier caso, aquí la tenemos, la noche, pozo ciego con regadera en el fondo. Y estoy yo en su brocal, pescando chispas verdes. Entre absorto y perplejo frente a los matojos negros. Me han contado que la luz de los cocuyos responde a un sistema de señales destinadas a coordinar acoples de hembras y machos para la procreación. Aunque, contrario a lo que debe ser, o a lo que a mí me gustaría que fuese, únicamente a los machos corresponde surcar lo oscuro con su fría lumbre.

PESADILLA

La forma aconsejable para funcionar en el mundo es no asomarse mucho a los abismos que abren en nosotros las experiencias extremas. Sobre este asunto me parece que trata una novela de Musil. No me interesa la explicación de los acontecimientos reales. Eso lo afirma alguien en la novela. Pero a mí sí me interesan. También a mi amigo de la calle Flager. Creo. Lo que quizá no le interese ahora es aplicar lo aconsejable para funcionar en el mundo. O al menos para funcionar como escudriñador free lance de sombras. Entre la esencia y el descenso, cae la sombra. Eliot. Ocurre que al fin le llegó a mi amigo una pista alumbradora en torno al individuo. No es que lo llevase a dar con él, pero supo, por un momento, dónde encontrarlo. Varias fotografías lo ubicaban infiltrado en una comunidad religiosa, en Hildale. Rara ubicación, pues las fotos que habían llegado anteriormente a sus manos mostraban al individuo en bares, prostíbulos, clubes de striptease… Sin embargo, como todo es adivinanza, y la clave de una adivinanza no es sino otra adivinanza, aun cuando mi amigo de la calle Flager iba a conseguir adentrarse en los agrestes parajes de la secta, no conseguiría traspasar sus rígidas normas. Pocas palabras, demasiado pocas, bastaron para detenerlo en seco. El individuo de la foto no estaba allí. Había sido expulsado. Igual que un perro sarnoso, con el rabo entre las piernas, debió abandonar mi amigo el territorio de la secta. Pero si el individuo no se encontraba allí, ¿por qué Dedi había enviado aquella pista? ¿Sería otro acertijo. ¿Quién más, y para qué, podría estar interesado en proporcionar datos falsos o verdaderos? Nada es tan verdadero como para que no pueda ser puesto en entredicho, dijo mi amigo. Entonces se puso a investigar entre la gente de la ciudad. Investigando, no sé cómo, dos científicos de renombre han concluido que existe el alma. Y que no muere. Cuando el cuerpo muere, el alma queda por estos rumbos, merodeando. A la caza, supongo de otro cuerpo. Debe ser algo serio, ya que en serio tuvieron a bien anunciarlo los dos catedráticos, de Oxford y de Arizona. Y hasta Arizona precisamente se corrió mi amigo, a la caza del individuo. Después de haberlo visto en sueños. Pero el sueño lo tuvo después de conocer que realmente al individuo lo expulsaron por traficar con prostitutas dentro de la secta, cuyos miembros no pueden copular con sus esposas como manda Dios, sino cómo y cuándo lo ordena el jefe de la secta, lo que es decir nunca. O casi. Así que el individuo de mi tierra tuvo la iniciativa de arrimarle un milagroso alivio a los sectarios. No como Dios manda para la secta, pero al menos como lo desmanda para el cuerpo. Y dentro del cuerpo, igual que el agua en un vaso, contenida en los vericuetos de ciertas células cerebrales, se halla el alma, de acuerdo con los dos investigadores que anduvieron buscándola. Y de alguna manera, también de acuerdo con Dorotea, aquel delicioso personaje de *Pedro Páramo*, a quien el alma se le desprendió del cuerpo, resuelta quizás a permutar para otro cuerpo mejor provisto. Abrí la boca para que se fuera. El alma. Y se fue. Sentí cuando cayó en mis manos el hilito de sangre con que estaba amarrada a mi corazón. Quien muy posiblemente no estará de acuerdo ni con Dorotea ni con los investigadores, es mi amigo de la calle Flager. Para él, es el alma la que contiene al cuerpo, digámoslo así. Y lejos de ser una minucia apeñuscada entre moléculas cerebrales, el alma, para mi platónico amigo, es un enorme carruaje con alas. Halado por la doble fuerza de dos caballos que jamás concilian un rumbo uniforme. Halando, uno para un lado, el otro para el lado contrario, se sofocan los caballos y amortiguan sus trotes, por lo que no me parece que puedan avanzar mucho. Aunque menos aún avanzarían uno sin el otro, según mi amigo. Cuerpo y alma. Las cosas del alma despiertan dormidas, reza el bolero. Pero se me hace que el jefe de aquella secta de Hildale, en vez de tener el alma en el cerebro, o en un carro alado, podría tenerla en la punta de la verga. Ya que según le contaron a mi amigo, es el único que disfruta de acceso libre a la cama de las esposas de todos los demás en la secta. El portador de la semilla, se hace llamar, porque también es el único con facultad para preñar a las esposas de todos. Mientras los esposos miran y aprueban. Resulta fácil calcular entonces lo bien que les vino la dispensa de aquel individuo de mi tierra, con el cual mi amigo ha soñado. Un sueño raro. No sé si tanto como los raros sueños de Antonio Di Benedetto, que no sólo elaboraba en sueños sus libros, sino que también elaboraba sus sueños cuando estaba despierto. Quiero decir —aunque fue él quien lo dijo—, Di Benedetto soñaba con aquello que le daba la gana soñar. Y una vez instalado en el sueño, construía desde allí sus textos. Con vivencias reales de sueños inducidos. Es como les nombró. No creo que mi amigo haya tenido ganas de soñar con aquel individuo. Entonces no debió ser inducido el sueño en el que mi amigo jura haberse visto a sí mismo atravesándole el cuello con un cuchillo invisible. No es que él fuera Dedi en el sueño. Era él, mi amigo de la calle Flager, por más que no se vio a sí mismo en el sueño. No obstante, supo enseguida que tenía en la mano el cuchillo invisible. Y que él no era Dedi. Sólo que estaba haciendo lo mismo que Dedi. Mientras Dedi lo observaba y aplaudía como uno más entre los espectadores. Pudo reconocerlo nítidamente porque lo había visto con frecuencia, en sueños ¿inducidos? Casi todas las noches y los días que permaneció en Hildale, donde pudo averiguar que aquel individuo había estado dedicándose a traer mujeres a través de las fronteras con México, para alivio de los esposos sin acceso al sexo en muchas comunidades religiosas de la zona y de otras vecinas. De modo que si lo habían expulsado de Hildale, bien podría andar por otras ciudades o estados más o menos cercanos. Custer Country, Colorado City, Boise City, Oklahoma, Dakota del Sur… A la vez que esperaba nuevas señales del muerto vivo, mi amigo estuvo tratando de precisar las coordenadas exactas. Y en eso se empeñaba cuando sobrevino el sueño. Bálsamo de las mentes heridas, le llamó Shakespeare. No duermas, Macbeth, asesina al sueño. Pero claro que mi amigo de Flager no es un asesino de sueños. En todo caso, asesinaba a un criminal. Con el alma en el bolsillo y no en los microtúbulos, estructuras cerebrales donde se guarda el alma, según los dos académicos, de Oxford y de Arizona, expertos en teoría cuántica de la conciencia.. Hasta el estado de Arizona, justamente a Colorado City, un pueblo árido, borroso, incierto, se trasladó mi amigo empujado por su pesadilla. Ni los que moldean sus propias pesadillas son capaces de prever cómo acabarán. Pavese. Y no es que mi amigo no lo haya previsto, ni siquiera se dio cuenta de que ya se encontraba despierto al abrir los ojos y verse en un maltrecho hotel de Colorado City. El mismo en que acababan de atravesarle el cuello con un cuchillo al individuo que había estado persiguiendo.

ABISMO

La historia es una pesadilla de la cual intentamos despertar. Joyce. Algunos más dormidos que otros, añadiría yo. Hay quienes parecen haber despertado ya. Igualmente están aquellos que al despertar no abren los ojos. Tal vez prefieran la pesadilla. Ahora mismo no tengo muy a la vista cuál es el lugar que me corresponde dentro de este cuadro. Menos aún me atrevería a discernir cuál es el de mi amigo de la calle Flager. Regresó a Miami. Y lo he visto, con los ojos abiertos, aunque no sé si despierto. Enteramente perplejo. Eso sí. Me ha contado que debió abandonar Colorado City con los calcañales golpeándole el cogote, como dirían los viejos de mi tierra. Es que todas las sospechas de la policía local apuntaban hacia él. Por lo del sueño, ¿o no?, con aquel individuo: el cuello atravesado por un cuchillo que nadie vio en la escena. Igual que tampoco fue visto Dedi en el pueblo, con sus performances. Únicamente vieron a mi amigo. En puro temblor me lo dijo, pero al tiempo que le resbalaba por los labios una enigmática, o cínica, o amarga sonrisa. Delicadamente desequilibrada parece ser la alusión a sus encuentros, en sueños, con Dedi. Sobre todo aquellos en los que afirma haber intercambiando rasgos, roles, abrazos con el muerto. Vivo en conversación con los difuntos —anotaría Quevedo—, y escucho con mis ojos a los muertos. También los difuntos conversan en aquel mítico pueblo de Rulfo. La cuestión es que sólo conversan entre ellos. No existen en Comala trueques entre muertos y vivos, porque allí no hay vivos. No es el caso de mi amigo y Dedi. Como no sea que Dedi no esté muerto, puesto que más difícil me resultaría admitir que no esté vivo mi amigo. Me ha contado que cuando se hallaba a punto de abandonar Colorado City, el muerto vivo le deslizó nuevas pistas por debajo de la puerta. Iluminaciones. Sobre la camarilla de los floricultores del Porky's. Fotos que revelan el amplio surtido de sus servicios y el vasto radio de sus andanzas. No pocas de esas fotos fueron tomadas en predios de universidades estadunidenses, latinoamericanas, europeas. Por lo que mi amigo baraja la presunción de que el sexto de los jardineros de las flores del mal que se retrataron en torno a la mesa de aquel club en Hialiach, puede estar operando desde el interior de algún claustro universitario. La irracionalidad de una cosa no es un argumento en contra de su existencia, sino más bien una condición de la misma. Lo pensó Nietzsche y lo sentenció mi amigo de Flager. Yo había notado que entre temblores y abstracciones, se proyectaba muy sentencioso, por lo que me pareció oportuno rodar en su rueda, improvisando una sentencia para decir lo que pienso sobre el sesgo extraño, seguramente grave, que va tomando la situación. Lo que más nos amenaza, lo más difícil de enfrentar, son los peligros que a veces proceden de nuestro interior. Mi amigo ripostaría con una cita de Zéno Bianu: La muerte nunca viene de afuera, tú la guardas en ti, como un continente sepultado. De modo que resolví cortar por lo sano. Dije que aquellos vínculos con Dedi, el muerto vivo, estaban sobrepasando los lindes del sentido común. Así que lo mejor sería parar, retrotraernos a nuestra rutina cotidiana. Mi amigo de la calle Flager se quedó observándome por unos segundos, con ojos neblinosos, que miraban hacia no sé qué punto en la distancia. Luego, sin apartar la vista de no sé dónde, glosó al capitán Ahab: existen empresas cuya verdadera carta de triunfo radica en un cierto y cuidadoso desorden. No todos los que vagan están perdidos. Es un hecho, mi amigo, como Orfeo, no quiere pero tampoco puede evitar una mirada hacia atrás, para ver a Eurídice en la oscuridad del Hades, y así perderla. Lo cual le conduce a la asunción de su propia pérdida. Por lo pronto, lo he visto sentencioso, demasiado para mi gusto. Y además algo sensiblero. Al llegar a su casa, me dio un abrazo absolutamente desacostumbrado, como si no me hubiese visto en años. Una persona suele encontrar su destino en la ruta que eligió para evitarlo, dijo, con La Fontaine, creo, pero sin que viniera al caso. Y con la misma, remedó a Platón, a través de aquel logogrifo que refiere la existencia de dos mundos, el del ser y el del no—ser—siendo. Deduje que quizá necesitaba refrescar calenturas. Así que tuve a bien invitarlo a una champola de guanábana, en El Palacio de los Jugos, muy cerca de donde vive. Aceptó a regañadientes. Aunque después, con el paseo a pie por la Flager, más la conversación, se fue animando. Ánimas sin cuerpo se aprestan para el retorno a la materialidad, gracias a Osiris, dios del Inframundo, quien les dispensa salvoconducto para que repitan todo lo que hicieron antes en la vida. El Libro de los Muertos lo cuenta más o menos así desde hace miles de años, en Egipto, cuando los textos funerarios se escribían sobre tumbas y sarcófagos. ¿Pero qué tiene que ver la muerte con la Guanábana?, le pregunté a mi amigo, sólo por cambiar el rumbo de sus luctuosos pensamientos. Tiene que ver, murmuró él, para mi sorpresa, antes de volver a sentenciar, Lobo Antunes mediante: La muerte de un sueño no es menos triste que la muerte. Luego se extendió en un comentario sobre lo que había expresado García Lorca la primera vez que probara una champola de guanábana, en La Habana, casi un siglo atrás. No hay refresco en todo el mundo que tenga nombre más eufórico y altisonante, ni que sepa mejor, parafraseaba mi amigo de Flager, con zetas caricaturescas, fusilando la forma en que tal vez hubiese hablado García Lorca, allá en mi tierra, hace tanto tiempo. Sería el único intento de guasa que iba a escucharle a mi amigo durante todo el rato que estuvimos juntos. Aunque pronto se puso serio para rematar que aun cuando la champola de guanábana forma parte de las más antiguas tradiciones culinarias en mi tierra, desde los tiempos de la conquista española, para experimentar actualmente aquella euforia que tanto entusiasmara a García Lorca, no queda otro remedio que mudarse a Miami. Entonces, ¿qué relación guardan la guanábana y la emigración, y qué tendría que ver ésta con el triste panorama de nuestra tierra arrasada? No era a mí, sino a sí mismo, a quien mi amigo dirigía la pregunta. Y para sí contestó: la misma relación que guarda la guanábana con la muerte. Decididamente, la pelona despuntaba en el horizonte de mi amigo de Flager. Y de una forma tal que iban a resultar inútiles todas las mediaciones. El término de un viaje largo y peligroso no es más que el principio de otro; luego, de otro, y de otro, así sucesivamente hasta el fin. Es lo que me espetó, con palabras del capitán Ahab, al tiempo que abría la puerta para irse y se me encimaba para enlazarme con sus brazos, ateridos arpones.

OCASO

Un ábaco gigantesco, de cuentas negras, diríase dispuestas para enumerar los tonos del atardecer: azul pálido, gris, algodonoso, áureo... En las alturas de West Kendall, decenas, cientos de cotorritas se alinean sobre el tendido eléctrico. Es tiempo del recogimiento para pernoctar, a salvo de las zozobras que trae la oscuridad. Yo, en tanto, voy andando, otra vez por la 152 Street rumbo al zoológico. El remoloneo que me provocó la lluvia en las primeras horas del día pospuso esta caminata a cielo abierto. Delgadas capas de nubes, con irregulares manchones, como lata que comienza a oxidarse. Bajo la declinación de la luz, lenta pero indefectiblemente, se repliega el otoño. Contrario a mi amigo de la calle Flager, el cual, por lo que veo, despliega en vez de replegar. Si es cierto aquello que apuntara Kant sobre la inteligencia, que se mide por la cantidad de incertidumbre que sea capaz de soportar cada persona inteligente, como mi amigo, me agrego ahora mismo a la lista. Incertidumbre, en suma insoportable, están ocasionándome estos nexos con el muerto vivo. Mi amigo se ha marchado otra vez. Dijo que a recorrer universidades estadounidenses o latinoamericanas o europeas, con la expectativa de atrapar al último de los seis individuos que aparecen en aquella foto del Porky's. Una tarde cualquiera atraparía Rimbaud la belleza, sentada sobre sus rodillas. Iba a encontrarla amarga, y la insultó. Amargo también encontré yo a mi amigo. Aunque no lo insulté, por muy mala espina que me diera saber que se ha propuesto atrapar al individuo. Creí que a quien estaba queriendo atrapar era a Dedi, el muerto vivo, y que se empeñaba en localizar a sus candidatos para vivos muertos sólo por estar allí cuando él llegase. Aunque ahora que lo pienso mejor, no fue lo que ocurrió verdaderamente en Colorado City. La realidad nos elude, no por defecto sino por exceso. Algo por el estilo me parece recordar que sucede en una película de Lynch, donde, por eludir la realidad, lo macabro propende a un zumbón sinsentido. Lo irreal y el esperpento, combinados, recrean las bases de la realidad en una carretera perdida donde tiempo y espacio van quedando peligrosamente fuera de control. Me gusta recordar las cosas a mi manera y no cómo ocurrieron. Es clásica esta frase de la película. También a mi manera, y quizás no como me las contara aquel contertulio del calabozo, en mi tierra, o no como en verdad le sucedieron, recuerdo que el muerto vivo solía abrazarlo cada vez que coincidían en tiempo y espacio. No sé por qué. También recuerdo los abrazos que Dedi ha dado ¿en sueños? a mi amigo, y los que mi amigo me dio en mi última visita a su casa, así como la última vez que visitó la mía, hace apenas un par de días. Recuerdo el modo peculiar con que Hamlet recuerda un país nunca explorado de cuyos límites ningún viajero retorna, aunque minutos antes había visto retornar de ese país al fantasma de un rey muerto. El retorno a mi antigua ruta por la 152 Street puede ser que me sirva para reajustar la memoria. Tal vez por eso me descubro andando más despacio. Cerca de la esquina con la 137 Sothwest, hay una parada del bus. Alguien con toda la traza de un homeless está sentado en uno de sus bancos. Cuando ve que me aproximo, se pone en pie y comienza a recitar, alegremente, versos de Casal: roja columna de fuego, que guía al mortal perdido hasta el país prometido del que no retorna luego. Y dale con el país del no retorno, le digo al homeless, al tiempo que le extiendo la mano para corresponder con un saludo. Pero en vez de estrechármela, él se me abalanza con un abrazo. Me deja un olor raro, no a grajo ni a suciedad, como podría esperarse. ¿A incienso? ¿Azucena? ¿Creolina? De mi tierra, recuerdo cierta flor, moñuda, amarilla, alguna especie de clavel tal vez, a la que llaman Flor de muerto. Es un olor, muy posiblemente de mi tierra, el del homeless. Contando con el supuesto de que un homeless necesite tener tierra, o más de la que necesita para extender su sombra. Cada vez más precaria va siendo la mía, mientras se desvanecen las partículas de polvo y ceniza que otorgan distinción particular a estos ocasos del otoño. Amo los ocasos porque se desvanecen. Bradbury. Casi desvanecidas de tanto sudar, pasan por mi lado, trotando, dos muchachas. Van en la misma dirección que yo, lo que no les impide ladear la cabeza al pasar para dedicarme una sonrisa. No deben ser de mi tierra. Pasa la avalancha de los que vuelven del trabajo. Multitud de coches rellenos de ojos, cantaría Jim Morrison. Todos a toda máquina, pisando el acelerador. Prestos, todos, a sobrepasar al otro en la vertiginosa marcha. Todos quieren llegar primero. Los del arcén derecho pasan achuchándome con resoplidos y vahos de combustión. Pero yo mantengo mi ritmo. No me canso de celebrar la suerte de ser un andarín, caminando, siempre al margen de congestionamientos viales. Expressway. Rotondas. Elevadas circunvalaciones… Gusto me da sentirme ridículo representante de una civilización condenada a la obsolescencia, desandando con paso apacible los atardeceres. Bolaño tal vez hubiera escrito que el cielo de este atardecer parece una flor carnívora. Tanto como pueden ser carnívoros los caballitos del diablo. Acabo de ver dos, luego de mucho tiempo sin verlos. Sobrevolaban un pequeño charco que dejó la lluvia junto a la acera. Cromáticos. Metálicos. Refulgentes. Uno era de color azul. El otro, verde pálido. Ambos con sus dos pares de alas, telas de cebolla, transparencia al borde de la invisibilidad. Deben ser hembra y macho. A la búsqueda de un sitio apropiado para procrear. Largo tiempo atrás, en los atardeceres de la infancia, allá en mi tierra, me preguntaba por qué es corriente verlos sobrevolando charcos. Desconocía entonces que para prolongar la especie, los caballitos del diablo necesitan depositar sus huevos en el agua. El niño que fui me grita: aquí está el hombre que soy; mírame, yo estuve donde a ti te da más miedo estar. Robert Duncan. Y si no fue miedo, presumo que fuera algo muy parecido lo que me provocó la brusca visita de mi amigo de Flager, hace un par de días. No había vuelto a recibir noticias suyas desde que se lanzó a la captura del último de los seis criminales que aparecen juntos en la foto del Porky's. Y he aquí que de pronto, me toca a la puerta. Cuando abro, mi amigo, con semblante a lo Procol Harum. Me da un abrazo, y sin

72

dar tiempo a nada más, se vuelve, sube al taxi que lo trajo, desaparece, tan pasmosamente como apareció. Su rostro, al principio fantasmal, cambió a una blanca palidez. Es la canción que nunca escuchamos como era, allá en mi tierra. El suave fandango de Keith Reid se nos transfiguró en caminos en el cielo, con acceso vedado para pecadores. Rock sinfónico con pop barroco, surrealismo, y otro aire de Bach, que electrizaba a Lennon, hizo vibrar a Billy Joel, y a mí me pone aún la carne de gallina. Sobre todo en aquella versión, áspera, descarnada, de Joe Cocker. Aunque mis ojos estaban abiertos, bien pudieron estar cerrados ¿frente a la realidad? ¿Pero qué es eso? Si Stephen Hawking, el gran fenómeno de la astrofísica, afirma, en buena ley, desconocerla. Supongo entonces que no resulte nada fácil dar con ella, a no ser que cada cual se atenga a su muy personal realidad. Como Lynch, o como parece ser el caso de mi amigo de Flager, por no decir también mí caso. Ahora que me veo atravesando la línea del ferrocarril, pero sin querer encarrilar la vista hacia aquella esquina del montecito, por si acaso ronda todavía el rastro vivo del muerto, al que mi amigo continúa abrazando, ¿en sueños? Entretanto, yo me dejo abrazar ¿en sueños? por mi amigo. He sabido, mediante las últimas fotos que me mostró, que los floricultores del Porky's también trafican con armas. Y que son más de seis, muchísimos más, todo un gran ejército kagebiano. ¿Acaso una conjura de alcance planetario? Pero, ya que son tantos, ¿qué resolvería mi amigo atrapando a uno o dos? Empieza por el principio y sigue hasta llegar al final, allí te paras: su respuesta vino en clave de Alicia en el País de las Maravillas. Y en verdad maravilla leer ciertas crónicas japonesas del siglo V, donde es descrito el modo en que los caballitos del diablo constituían objeto de adoración en Japón. Todo parece haber surgido a partir de un leve y casi inapreciable detalle. Un caballito del diablo se zampó a un tábano. Quiso el azar que antes el tábano hubiera picado al emperador y que el caballito se lo comiera delante de la vista agradecida del picado. El azar es seudónimo de Dios cuando no quiere firmar, anotó Anatole France. Pero, entonces ¿por qué son acreditados al diablo y no a Dios los caballitos del diablo? Creo que es debido a otra leyenda, europea, y no maravillosa como la de Japón, sino más bien siniestra, donde los caballitos son emisarios del infierno. ¿Igual que los floricultores del Porky's? En todo caso, menos aterradores. Y existe una leyenda más, en parte obra de Dios y en parte del diablo (según preferencias), por cuyo conducto los caballitos del diablo, con sus cópulas, dejaron marca registrada en el Kamasutra. Es que en el momento de máxima inspiración erótica, digámoslo así, el macho se encadena a la hembra enganchando los apéndices anales en su cabeza. A los copuladores hindúes de hace dos mil años les chifló esa maroma —antológica donde las haya—, en la cual es la hembra maromera quien determina la acción, doblando totalmente su abdomen hasta situarlo al alcance del órgano sexual del macho. Admirable abdomen el de la joven y hermosa atleta que ahora viene a mi encuentro, trotando por la acera, en dirección contraria. Trae con ella, trotando, un perro encadenado. Qué lindo perro el tuyo, niña, Dios te lo bendiga, le dirían en mi tierra. Piropo de doble vía. Elogiosamente agresivo. El perro, el de verdad quiero decir, se ha detenido frente a mí, aun cuando la joven lo conmina, halándolo por la cadena, casi lo arrastra. El perro acaba por ceder, pero antes de reiniciar el trote, aúlla, no ladra, aúlla, tres veces, mirándome con ojos vidriosos. Un aullido del tipo detector de espectros, según la clasificación de los viejos en mi tierra. Decían ellos que cuando los perros aúllan de esa forma es porque están viendo el espíritu de algún muerto. Si en vez de saberme vivo, despierto, y caminando rumbo al zoológico, creyese que sueño, habría pensado que no soy yo quien camina, sino mi amigo de Flager, y que él está muerto, tal como quizá lo ha visto el perro, o yo mismo, en sueños, desde la última vez que lo vi. Excepto la noche de anoche, cuando el muerto era yo, mientras mi amigo permanecía de pie junto a mi ataúd, queriendo aclararme ¿en sueños? que el muerto era él. No, qué va, es lo que digo, estos nexos con el muerto vivo no sólo han sacado de paso a mi amigo de la calle Flager. También a mí me sobresaltan y confunden. Feliz aquel que todavía tiene esperanza de emerger del mar de las confusiones. Fausto. Y a todas estas, ni siquiera hemos sabido a qué o a quién responden Dedi y su cuchillo invisible. ¿Al bien contra el mal? ¿O acaso al mal contra el mal? En las películas de Lynch los personajes no son malos por sí mismos, el mal los manipula. Y de acuerdo con los platónicos argumentos de mi amigo, el mal es posibilidad esencial del alma. Desorden no defecto. Distorsión de la virtud. Una forma más, al fin y al cabo, entre las que escogimos los seres humanos para intercomunicarnos. No está mal del todo, pero yo sigo sin encontrarle la punta a lo qué es el mal. Onetti desenrosca una suerte de hipótesis. Dios —dice Larsen, en *El astillero*— tendría que sustituir el imaginado infierno general y llameante por pequeños infiernos individuales. Tal vez Dios le hizo caso. Y por consecuencia el mal vendría siendo ese pequeño infierno individual, portátil, para que cada quien lleve el suyo siempre a mano. En lo que a mí respecta, sospecho que lo llevo dentro de la cabeza. Últimamente al menos. Ello me ayudaría a entender, hasta cierto punto, el diagnóstico que ayer me diera mi médico primario: Síndrome de la cabeza explosiva. Fue exactamente su expresión después que le conté lo que me está sucediendo. En las noches, despierto súbitamente, casi siempre cuando he estado soñando con mi amigo de Flager. ¿Despierto? No podría jurarlo. Pero lo que siento es un ruido, una fastidiosa serie de explosiones dentro de la cabeza. Aunque si no fueran ruidos ni explosiones, quizá podrían ser chisporroteos eléctricos. Con destellos enceguecedores. Es como si me enfocaran con un potente reflector. Agudo cansancio, dijo el médico, mientras valoraba una remisión para el psiquiatra. No lo tomé en serio. Así que al final optaría por recetar píldoras, reposo, comidas ligeras, sin café u otros estimulantes. Para cansado el otoño, digo yo, ahora que elevo la vista sobre los tupidos bosques y miro el ocaso, desgajándose entre lila y flor de marañuela. Me sale al encuentro Miami Metrozoo, único zoológico tropical en tierra firme de los Estados Unidos. Es hora de dar media vuelta para desandar lo andado. No me hace gracia vérmelas con la noche en estas azarosas aceras. ¿Para qué llamar caminos a los surcos del azar? Todo el que camina, anda, como Jesús, sobre el mar. Machado.

DESVELADO

Aleccionaban los viejos de mi tierra: cuando te creas demasiado pequeño como para ser tomado en cuenta, trata de dormir con un mosquito dentro del mosquitero. No uso mosquitero. Ni falta que le hizo al mosquito para ser tomado en cuenta. Anoche se coló en mi habitación justo cuando forcejaba con el insomnio que me están provocando el muerto vivo y el agobio de pensar, todo el día, y soñar, noche a noche, con mi amigo de la calle Flager, del cual no he vuelto a saber nada más que en sueños. O en pensamientos, porque, en buena ley, no consigo precisar ahora si soñaba o pensaba cuando entró el mosquito. Lo que sí sé es que me obligó a tirarme de la cama. Fue justo el momento en que miré al espejo y, en lugar de ver mi cara, vi la de mi amigo. No podría decir que me molestase. Al contrario. He estado deseando verlo para confesarle que me siento culpable, hasta cierto punto, de cuanto le acontece. O le aconteció. O le acontecerá. Así que iba a venirme bien aquel encuentro, aunque fuera mediante el espejo. Incluso estuve un rato jugando a los escondidos con mi amigo. Me apartaba del espejo. Y de pronto, volvía a asomarme, a ver si lograba sorprenderlo fuera de lugar. Pero no. Era su cara, siempre. Recordé que a Bruno Schulz le daba pánico situarse frente con frente al espejo, por lo que había resuelto mirarse de perfil. Vaya usted a entender la variante. También intenté hacerlo anoche. Pero fue el espejo el que me sorprendió: de frente, veía a mi amigo, y de perfil, veía otra cara, que no era la de mi amigo, ni la mía. En algún momento se me pareció a la de aquel homeless con el que había coincidido en la parada del bus. Aunque tampoco puedo estar seguro. Para adivino Dios. El hecho es que no he vuelto a pegar los ojos. Desvelado. No tanto, quiero creer, como el desvelado protagonista de una película que vi hace poco. No había dormido a lo largo de un año. *El maquinista.* Es el título de la película. Rara pero magnífica, y amena. A más rara y magnífica, más amena. Repleta de trastornos de la personalidad. Crímenes. Identidades paralelas. Salvador Dalí padeció algún desorden de esta índole. Creía ser el doble de su hermano muerto. Supongo que se creyera el doble mejorado, ya que Dalí era Dalí. Por cierto, también aplicaba un curioso método para dormir: seis sesiones de veinte minutos cada cuatro horas. Era más o menos su manera de ser insomne, puesto que en total dormía apenas dos horas, más de las que he dormido yo en las últimas dos noches. Aunque menos de las que suelen dormir los elefantes: dos horas durante el día, una hora sin interrupción en la noche, seguida de cuatro sesiones de quince minutos. Me pregunto quién habrá sacrificado sus horas de sueño sólo por computar el sueño de los elefantes. Nada que ver conmigo. Jamás se me hubiese ocurrido dormir, cuando dormía, igual que ellos, los elefantes, o que Dalí. La buena conciencia es la mejor almohada para dormir. Sócrates. Creo que en general es lo mejor para entrarle despierto a la vida. Por más que nuestras circunstancias no convoquen a la buena conciencia. Yo soy una parte de aquel poder que siempre quiere el bien y siempre obra el mal. ¿No fue esa la confesión de Fausto? En todo caso fue una de las últimas frases que le escuché a mi amigo, luego de haberle preguntado cómo tendríamos que asumir por fin la desasosegante cercanía del muerto vivo. ¿Como un bien sin remedio o como un mal invadeable? En 1849 encontraron a Poe, irremediablemente mal, caminando por calles extrañas, vestido con ropas que no le pertenecían, sin saber quién era. ¿Sonambulismo? ¿Identidad paralela? ¿Abducción? ¿Sobredosis? Fue la forma escogida ¿por él? para despedirse del mundo. Aunque los médicos diagnosticaron inflamación cerebral. Otras crisis de identidad más o menos similares, experimentaron Ezra Pound o Philip K. Dick, por sólo citar dos grandes. He visto cosas que ustedes no me creerían, declara el replicante en Blade Runner, filme basado en uno de los más exitosos relatos de K. Dick, aunque no el mejor. Como lágrimas en la lluvia, se habrían perdido esas cosas que no le creeríamos al singular personaje recreado en la versión de Ridley Scott. Tampoco creo, o al menos me resisto a creer que ciertas alucinaciones visuales, auditivas, que antes padeciera mi amigo de Flager, y ahora padezco yo, respondan a trastornos de la personalidad. Personalmente no recuerdo haber sentido esa clase de trastorno hasta el día en que mi amigo, trastornado por la obsesión de hacer contacto con el muerto vivo, empezó a remover el ancla de plomo de mis rutinas. No me gusto, pero me veo bien en tu reflejo, le dijo el cisne al lago, según el poeta Brodsky. Aunque en resumidas cuentas no me gusto en el reflejo de mi amigo, ni me gusta mi amigo en el reflejo del muerto vivo. No obstante, ya está visto que no nos queda otra. Hacemos lo que no querríamos hacer y no hacemos lo que querríamos. Pasar de la nada a ser alguien, no deja de ser tentador. Pero que la nada se convierta en tentación constante para el ser… Eso no. Quiero decir que no me parece que represente trastorno alguno de la personalidad. Sencillamente es un modo de ser poseído por el ego. Más o menos así, aunque más retorcido, para mi gusto, lo explicaría Jung. Según él, lo que ahora hago yo, y lo que antes hizo mi amigo, no lo hacemos nosotros en términos exactos, sino más bien se hace a través de nosotros. Ha tomado el mando aquel infierno individual dispuesto por Dios a sugerencia de Juan Carlos Onetti. Para cada mortal, el demonio que está siempre acompañándonos es la sombra del ego. Se estira, se encoge, delante, detrás, aparece, se oculta… Pero lo que más tirria me da es que no duerma. Debe ser la causa de mi insomnio. No sé quién soy yo —decía Gombrowicz—, pero sufro cuando me deforman. Y a mí me ha estado deformando el desbarajuste de soñar despierto, desvelado. Anoche, luego de ver a mí amigo de Flager en el espejo, y ya que no lograba conciliar el sueño, soñé, con los ojos abiertos. Me hallaba en algún lugar desconocido, con el cuchillo invisible atravesando mi propio cuello. A no ser que verdaderamente me hallase en aquel lugar, soñando que estaba desvelado en éste. Qué va, tengo que dormir. Tanta violencia, obtusa, desatinada, no me encaja. El insomnio es el diablo. Debió serlo también para Charlie Parker, ya que admitió someterse a un extravagante tipo de cura, durmiendo bajo anestesia durante toda una semana, ininterrumpidamente. Así buscaban los médicos reajustar el organismo celestial de Charlie Parker, con el fin de proporcionarle un nuevo equilibro químico. Error de lesa ciencia, si nos atenemos a lo primero que dijo él tan pronto despertó: Pueden sacártelo del cuerpo, pero no pueden sacártelo de la mente. ¿A qué se refería? ¿Al insomnio? ¿Al diablo? ¿Pero no quedamos en que el insomnio es el diablo? Una cosa lamento: no saber lo que pasa. Tal es el desconcierto que desembucha alguien en *El ángel exterminador*, de Buñuel. Yo tampoco lo sé. Aunque no acaba de quedarme claro si lo lamento o no. Oh, Angie, ¿adónde vamos desde aquí?, sin amor en el alma ni dinero en el bolsillo. Angie, no se puede decir que no lo intentáramos. Pero, ay, Angie, ¿no es bueno estar vivos?

Segunda parte

EL HOMBRE CON LA SOMBRA DE HUMO

Escribo esta historia, no con la esperanza de que sea
creída sino para prepararle,
en la medida de lo posible,
una escapatoria a la próxima víctima.
H. G. WELLS/ *La historia del difunto señor Elvesham*

BELAKÍS

Debemos suponer que no fuera su verdadero nombre. Jamás supe de alguien que se llamase Belakís, descontando a un cierto aterrador vampiro húngaro con nombre que suena parecido (Bela Kisz), y de cuya existencia tampoco poseíamos indicios hasta hace un corto tiempo. Aunque, después de haber tenido la oportunidad de meterme a fondo en lo que podríamos llamar su historia, pienso muy firmemente —a riesgo de que continúen acusándome de chiflado— que le llamaban Belakís justo por el vampiro húngaro y que por más que no hayamos podido averiguar quién le puso este nombre, parece indudable que tenía constancia o al menos sospechas de algún tipo de parentesco entre los dos.

Los testimonios más antiguos que he logrado acopiar sobre el paso de Belakís por La Habana, datan de 1996, o sea, ochenta años después de que en el pueblecito húngaro de Czinkota, donde vivió su presunto congénere, se empezara a rumorar, primero, que éste había muerto en la guerra; y luego, que desapareció dejando apenas muy pálidas pistas, indicadoras de una posible fuga hacia el continente americano. Aquellos comentarios coincidían en tiempo y lugar con el hallazgo de unos treinta cadáveres de mujeres que habían sido desangradas mediante mordidas en las carótidas y rematadas por estrangulamiento. Digamos un aporte del bondadoso vecino Bela Kisz para que su pueblo pasara a la notoriedad convertido en referencia que eriza los pelos y revuelve las tripas.

Claro que en principio también yo hubiese asumido como una locura esto de vincular la identidad de un hombre que desapareció en Hungría teniendo unos 40 años, con la de otro que apareció en La Habana con la misma edad pero ocho décadas más tarde. Ocurre, sin embargo, que cuando yo tuve acceso por vez primera a los datos relacionados con Belakís, conocía ya algunas de sus posteriores andanzas por nuestra isla. Quiero decir que mi averiguación era en retrospectiva, de modo que estaba avisado acerca de con quién me las veía y, por avisado, también estaba curado de asombros. No obstante, más por satisfacer a mis jefes que por otra cosa, actué según las convenciones, intentando despejar la remota posibilidad de que Belakís fuera un descendiente sanguíneo de Bela Kisz, digamos un bisnieto o algo así. Pero ello solamente nos condujo a un nuevo misterio: Belakís no poseía en Cuba el más mínimo lazo familiar. Nunca lo tuvo. Rastreamos todos los registros civiles del archipiélago, pero nada, ni un primo lejano o un pariente muerto siquiera. Menos encontramos constancia de su arribo a la Isla desde el exterior, no ya con el inviable nombre de Belakís, tampoco con ningún otro de los nombres adoptados por él en diferentes circunstancias. Sobra agregar que el detalle prendió el foco rojo en nuestros mandos superiores. Este sujeto —concluyeron— tiene que ser un agente que nos ha infiltrado la CIA. Y ni que decir tengo que a mí no me quedó otro remedio que seguirles la corriente, pero por supuesto que no compartía el corolario.

Aunque eso no era lo más pesado. Si no coincidía con el criterio de mis jefes era porque tenía mis propios criterios. Y no solamente los tenía, sino que por muy convincentes que a mí me parecieran, no podía compartirlos con mis jefes sin arriesgarme a que resolvieran apartarme del caso, por impericia quizás, o por parcialidad sugestiva. Fue esa precisamente la razón por la que tuve que ocultarles algunos de los datos que averiguaba. No me veía bien parado delante de mis jefes para informar, por ejemplo, que Belakís era un hombre sin huellas, peculiaridad que había comprobado yo mismo en distintas ocasiones; o que su sombra no era oscura y moldeada como la de una persona común, sino que cuando exponía el cuerpo a la luz, Belakís, en vez de sombra, proyectaba una línea de humo, muy fina, apenas perceptible, pero estirada y quemante como la cola de un trueno. De cualquier manera ya anoté que realizábamos nuestras pesquisas en retrospectiva. Así nos lo impuso Belakís desde el inicio, pues nunca resultó factible seguirle el rastro en tiempo real. Entonces consideré que siempre iba a quedarme la probabilidad de sacar a mis jefes de su error, aun cuando no pudiese evitar que cambiaran una conclusión equivocada por otra. Es algo que iremos viendo. Cada revelación que nos llegara en torno a las actividades de Belakís, sería motivo de nuevas y desencaminadas conjeturas de los de arriba. Pero al final iba a convenirme que así fuera.

SOY RUBIO

En realidad soy negro, pero así me llaman, Rubio, porque es mi apellido. Noel Rubio, un investigador policial del montón, cuya única hazaña tal vez consista en haber vivido acumulando en la conciencia tantas mataduras como las que lleva en el lomo un mulo carretonero. También tengo dos defectos que son contraindicados para mi profesión: no me gustan los jefes y me gusta hacer siempre lo que me da la gana. No obstante, mi hoja de servicios se conservó intachable durante algo más de veinte años. Sólo queda por ver si eso es bueno o malo. En todo caso me siento capacitado para dar fe de que resulta difícil trabajar como policía tanto tiempo sin meter la pata o la mano, o ambas. Debe ser lo que determinó en principio que me encomendasen esta misión. Los tipos sin ambiciones y contrarios al deseo de protagonismo gozamos de idoneidad para ciertos encargos.

En el mes de junio de 1998, me ordenaron que trabajara en el completamiento de un expediente, algunos de cuyos pormenores aún quedaban pendientes de investigación. Era una labor sin importancia, aparentemente al menos. Un caso de robo de pacotilla (nunca mejor empleado el término) que había tenido lugar cuatro meses antes, en el aeropuerto internacional José Martí, justo en los días de la visita a La Habana del Papa Juan Pablo II. A uno de los sacerdotes extranjeros que estuvieron presentes en el acontecimiento le habían robado una maleta llena de sotanas. Por supuesto que las fuerzas del orden tomaron por asalto el aeropuerto, activando al nutrido escuadrón de informantes para cada puesto y cada operación. De manera que en pocos minutos estaban ya presos los ladrones, trabajadores del propio departamento de equipajes. Sin embargo, las sotanas no serían recuperadas. Nunca aparecieron. Incluso apareció la maleta, pero completamente vacía. No hubo medio ni modo entre los muchos y muy rigurosos aplicados por la policía, que permitiese dar con ellas. Junto con las sotanas había desaparecido uno de los empleados del aeropuerto, precisamente el que podríamos calificar como autor intelectual del robo. Es la primera referencia que iba a llegarnos sobre Belakís.

Después, al tomar por entero la responsabilidad del caso, yo mismo averiguaría algunos otros antecedentes más bien peculiares sobre el tránsito de Belakís por el aeropuerto, donde estuvo trabajando como empleado del departamento de Rayos X, bajo el nombre de Octavio Marín, desde 1996 hasta enero de 1998, que fue cuando se lo llevó el remolino papal. Supe que durante todo ese período participó en diversos desvalijamientos, haciendo uso de la privilegiada función de su puesto de trabajo, el cual le permitía conocer el contenido de cada valija sin necesidad de abrirlas y antes de que llegase a las manos de sus cómplices del departamento de equipajes. Supe que fue así cómo pudo convertirse en jefe del grupo, con autoridad para disponer sus acciones. Y también supe algo (otra aparente nadería) que iba a propulsarme sin remedio a bucear en lo hondo del tema Belakís. Este individuo, con todo y que fuera el organizador de los robos, siempre rechazaba beneficiarse con su producto. Con una sola excepción, las sotanas.

Si había sotanas en las maletas violentadas, pasaban a ser suyas. Todos sus cómplices coincidieron al declarar que Belakís nunca se interesó por nada más. Fue el primer dato que decidí ocultarle a mis jefes. No sin agrias vacilaciones, es la verdad, y dándome golpes de pecho, sobre todo al principio. Pero es que no tuve otra salida. No podía exponerme a que me soltaran la carcajada en plena cara, o, en el mejor de los casos, a que volviesen a obstruir el curso de mis indagaciones con la hipótesis de que el tipo era un agente de la CIA que intentaba operar disfrazado de sacerdote. Eso, como dije, fue al inicio. Pero pronto agregaría nuevos y más contundentes motivos para reafirmar mi decisión. Tan pronto como empezaron a llegarme otros informes sobre las características y andanzas de Belakís. Entonces dejé de vacilar. El muy singular asunto del hombre con la sombra de humo estaba requiriendo un tratamiento singularizado. No podría yo considerarme a la altura de un auténtico profesional de la investigación policial si no actuaba en consecuencia, ante todo, tomando con la mayor seriedad cada uno de los datos de que disponía, y dando curso a mis intuiciones. Además, si es que en verdad deseaba prodigarle un interés especial al caso (y no es que lo deseara simplemente, era algo más bien parecido a un imperativo de adentro, una especie de fuerza como la gravedad que tiraba de mí súbitamente, impulsándome a decidir cosas casi por inercia), si, en fin, había resuelto seguir a cuenta y riesgo el rastro de Belakís, estaba obligado a despistar a mis jefes para que me dejasen trabajar con un mínimo de independencia.

Opté por proceder ante sus ojos según las prácticas de rutina. Seguramente, les dije, el sujeto era un pillo que engañaba a los miembros de su banda guardándose a escondidas la mejor tajada de los robos. De modo que cuando se produjo aquella gran movida policial en el aeropuerto, nada menos que en días de la visita del Papa, supo que no sólo iba a caer en nuestras manos, sino que además estaría obligado a responder doblemente por sus delitos: ante la ley y ante sus cómplices. Entonces determinó hacerse humo (nunca mejor dicho), escapando hacia el extranjero oculto quizá dentro del maletero de algún avión, en una maniobra que pudo facilitarle su dominio del terreno. Por supuesto que yo estaba mintiéndoles a conciencia, porque esperaba que más temprano que tarde Belakís volvería a dar señales de vida desde algún otro rincón de la isla. Aunque, ciertamente, no imaginé que su próxima señal me llegaría desde tan cerca. También preveía la inevitabilidad de que mis jefes incurrieran, una vez más, en las acusaciones del principio. Pero de cualquier manera necesitaba ganar tiempo. Y por el momento, no encontré a mi alcance una mejor excusa para distender aquel meollo. Después ya veríamos.

LA SEÑAL

Fue corto el tiempo transcurrido entre el amanecer en que —luego de cavilar durante toda la noche— resolví entrarle de lleno, con mis propios medios, a aquel enigma, y la tarde en que me llegó una nueva señal de Belakís. Sucedió a principios del mes de agosto, un domingo de plomo, sofocante y lloviznoso. De pronto, contra mi costumbre, empecé a sentir que me faltaba oxígeno dentro de la casa. No por culpa del aburrimiento, ya que no suelo aburrirme fácilmente. Ni por la soledad, pues nunca respiro mejor que cuando estoy solo, sobre todo después de que mi última mujer tuvo el buen juicio de abandonarme. El hecho es que sentí una especie de incontrolable asfixia que me lanzó a la calle, no obstante la llovizna. Y a lo primero que atiné fue a ir al cine Chaplin, del Vedado, aun cuando no es el que más cercano me queda. Pudo ser porque había leído en el periódico que en el Chaplin estaban pasando un ciclo de clásicos del horror, y precisamente aquel domingo exhibían *M, el vampiro de Düsseldorf*, una película que recordé haber visto cuando era muy joven, en el cine Rialto, de la calle Neptuno (calculo que sería allá por los finales de la década de los años setenta), pero cuyo argumento había olvidado por completo. De lo único que guardaba memoria es de lo mucho que me había impresionado la película, tanto quizá como volvería a impresionarme aquella tarde de domingo, a pesar de que ahora estuvo basculando a mi favor el lastre de más de veinticinco años repletos por lo general de experiencias impresionantes.

Terminada la función, salía yo del cine caminando despacio entre la gente. Supongo iría pensando que mi impresión de esa tarde, al volver a ver el filme, si bien no era menor, estaba lejos de igualarse a la que experimenté cuando era joven. La primera vez debí sentir miedo, simple, puro y duro miedo, o una especie de anonadación ocasionada por el miedo, lo que vendría a ser lo mismo. Ahora, la película, además de acaparar mi interés debido a su carácter clásico —en particular por el hecho de que aunque fue rodada en el año 1931, parece ser más moderna que las actuales de su género—, me impresionó por la historia que cuenta. O por determinado aspecto de la historia. Y no sólo. También me puso a pensar. Eso de que ante la impotencia de la policía para seguirle el rastro al terrible asesino de niñas, la gente de los bajos fondos de la ciudad de Düsseldorf se organice espontáneamente para capturarlo, estimulada no por el deseo de hacer justicia, sino porque el asesino en cuestión está violentando el curso de su cotidianidad y perturbando sus mecanismos de ingreso económico, eso, digo, asusta tanto como las propias salvajadas del asesino. Bueno, en realidad no es el asesino quien ha estado poniendo el barrio patas arriba. Es la policía mediante sus constantes e inútiles redadas en busca del asesino. El caso es que aquella gente del barrio, que vive mayormente de ilegalidades, necesita alejar a la policía de sus predios y sabe que sólo podrá conseguirlo si encuentra y elimina al criminal por medios propios. Podrían convivir sin mayores preocupaciones con el criminal, pero no con la policía. Digo que esto me puso a pensar porque es un proceder con el que suelo tropezarme hoy en mi entorno habanero. Quizá no sea igual en el detalle pero sí en la esencia. Hace algún tiempo, pongamos varias décadas atrás, era inútil para la policía descender a los barrios pobres de La Habana en busca de información sobre cualquier persona o sobre acciones delictivas. Nadie sabía nada, nadie conocía a nadie, nadie estaba allí cuando ocurrió la infracción ni había escuchado una sola palabra al respecto. Pero eso fue cambiando. Y tal vez más de lo prudente. De un extremo al otro. Incluso debe haber cambiado tanto que llegamos al colmo en que el ciudadano demuestra una propensión diría yo que morbosa hacia la denuncia. Si quieres seguirle las huellas a un atracador, a un contrabandista, a un vendedor de drogas, a un criminal, a un negociante ilícito o a una prostituta, ningún camino es más expedito que requerir la ayuda de otros que incurren en las mismas contravenciones de la ley. Si quieres apresar a un enemigo político del gobierno, ningún conducto es más rápido y efectivo que las delaciones de alguno de los malhechores antes mencionados, o de todos, ya que en tal caso suelen confabularse como en Düsseldorf.

Le han cogido el gusto y la utilidad al oficio de denunciantes. Unos por un motivo y otros por el otro, fueron convenciéndose de que les convenía colaborar con las autoridades: por evitar sospechas y represalias contra sí mismos, por recibir menudas compensaciones, por utilizar la denuncia para saldar cuentas con adversarios personales y rivales profesionales, o sencillamente por dar cauce a extraños resentimientos contra el prójimo, mal que padecemos los seres humanos en proporción mayor de la que comúnmente se espera y mucho más lesiva de lo que debiera ser. Del resto nos encargamos nosotros, quiero decir la policía, cultivando esa costumbre, conscientes de que la costumbre hace el hábito, pero no de que hay hábitos tan desasosegantes que transgreden los límites del comportamiento haciendo mella en la integridad moral de la ciudadanía. Para el remate, esa costumbre ha llegado a convertirse aquí en premisa de toda investigación policial. Se trata de un problema (o de una peculiaridad, ya que mis jefes no lo ven como un problema, todo lo contrario) que no me cansaba de plantear críticamente en las reuniones de trabajo, pero sin que consiguiera nada más que distraer a los concurrentes, dándoles tema para el choteo y las risas. Como también nosotros nos hemos acostumbrado a la costumbre. Para mal, digo yo, pues poco a poco, sin que nos diéramos cuenta, el hábito de aplicar la denuncia pública como base para los procesos investigativos nos condujo a la postergación del uso de otras técnicas, incluidas las que aporta el avance científico. Eso por no decir que hemos descuidado el cultivo de nuestro intelecto como investigadores. Cero deducción, cero análisis, cero profundizaciones en el examen psicológico del malhechor. Sherlock Holmes naufragó en las polutas aguas de Chencha la soplona del barrio. Total, ¿para qué investigar?, si de todos modos la solución nos la dará la gente, denunciando lo que vio o lo que le dijeron o lo que se le ocurra inventar.

Pero nos habíamos quedado en la tarde de domingo en que estaba yo saliendo del cine impresionado por los crímenes del vampiro de Düsseldorf, y aún más por un par de curiosas concurrencias, llamémosle así, entre el comportamiento de la sociedad alemana en los umbrales del Tercer Reich, o sea, a principios de los años treinta, en el siglo XX, y el de nuestra sociedad en estos días, casi un siglo después. Al llegar a la acera me detuve, quizá con el propósito de sacudir aquellos pensamientos para dar vía a otras ocupaciones más urgentes, pongamos la de sopesar la factibilidad de pedir el último en la cola para la pizzería Cinecitta, de 23 y 12. Y en esas andaba cuando de improviso sentí un golpe sobre mis espaldas, acompañado de una carga muy fría, como si me hubiese caído arriba un saco lleno de hielo. Todo se produjo en fracciones de minutos, supongo. Pero para mi sorpresa, tuve tiempo de percatarme de algunos pormenores del incidente. Alguien, o eso me pareció, había perdido el equilibrio cuando caminaba detrás de mí, entonces me vino encima, apoyándose con sus dos manos sobre mis hombros mediante una especie de abrazo muy efímero, aunque no lo suficientemente para impedir que calibrara la solidez de su peso, el cual iba a provocarme una fuerte sacudida en la columna vertebral, una sacudida eléctrica que me atravesó en recorrido de ida y vuelta, desde la coronilla hasta la planta de los pies. Cuando conseguí reponerme en lo imprescindible para verificar que el saco de hielo tenía figura humana, ya se me había adelantado unos quince o veinte pasos y estaba a punto de doblar la esquina de 23 y 12 con rumbo al cementerio de Colón. Y tan pronto dobló, lo perdí de vista, por más que corriese hasta la esquina con la intención de darle alcance. Fue como si se evaporara mediante un efecto mágico, por así decirlo. Tan repentinamente que llegué a barajar la posibilidad de haber sufrido una alucinación, estando, como estaba, bajo el impacto de la película, y siendo, como soy, impresionable por naturaleza. Desde luego que no se trató más que de una sugestión pasajera que el testimonio de mis propios ojos pudo anular al instante. Y más que el testimonio de mis ojos, las aserciones de mi sangre, mi carne, mis músculos, mis huesos... trémulos todavía por el contacto con aquel saco de hielo que les había transmitido un sobrecogimiento tal vez parecido al que experimentan ciertas personas que han sido víctimas de algún tipo de violación carnal.

Tarde en la noche de ese mismo domingo, luego de gastar horas exprimiéndome los sesos en el intento de ubicar rasgos afines entre el ánima en pena que me pasó por arriba a la salida del cine y las descripciones de Belakís que manejo, quedé enteramente persuadido. Era él. En ningún otro mortal hubiesen coexistido aquella piel que de tan pálida parecía estar a punto de transparentarse y aquella cabezota repelada, lustrosa, dolicocéfala, como un huevo de Monoclonio. Tal inferencia me condujo casi mecánicamente a otras que iban a impedirme pegar los ojos durante el resto de la noche, y en las noches siguientes. Si el cuerpo que me cayó arriba en la calle 23 era en realidad el de Belakís, entonces no pudo ser casual aquel tropiezo. Si vino a mi encuentro de modo exprofeso, debía tener un motivo más allá de la simple y vana provocación. En el supuesto, insólito, de que hubiese resuelto contactarme, no es lógico que lo hiciera tan arbitrariamente. Pero si en efecto me buscó, estaba demostrando ser más hábil que yo, que lo había buscado a él sin éxito. Además, ¿por qué endemoniada razón andaría buscándome?

Por lo pronto, disponía de una certeza: si yo no estaba equivocado al menos en uno de esos cálculos, Belakís conocía ya mi especial interés por capturarlo. Y si así fuese, resultaba incomprensible —y tal vez grave— que estuviera aproximándose a mí, en vez de huir.

LOS TRES ABRAZOS DEL VAMPIRO

En aquel momento yo aún no conocía el apólogo acerca de los tres abrazos del vampiro. Lo conocí un poco más tarde, por casualidad, o es lo que quiero creer, que fue fortuito mi tropiezo con el apólogo. Tampoco me hubiera servido de nada conocerlo en aquel momento, pues ni siquiera me cabía en la cabeza la sospecha de que Belakís fuese un vampiro. No es que ahora me quepa. Pero a decir verdad, las cosas han tomado un sesgo extraño.

Cuenta el apólogo que la vía más inocua que puede elegir un auténtico vampiro para convertir en vampiro a cualquier individuo común y corriente, consiste en abrazarlo tres veces. También puede hacerlo pasándole por encima, pero esta variante, si bien es casi igual de inofensiva —comparada con el colmillazo en la yugular—, resulta un tanto menos práctica, por así decirlo. Cuenta igualmente el apólogo que abrazando tres veces a la persona elegida, el auténtico vampiro aspira a redimir por su conducto a muchas otras personas comunes y corrientes. Y cuenta que incluso por muy corriente que parezca ser, la verdad es que la persona elegida, aun antes de su elección había dejado ya de ser alguien común y corriente. Entonces no es que se transforme mediante los tres abrazos del vampiro, sino que por sí sola, esa persona estaba de antemano en vías de transformación (emocional, espiritual, intelectual…), y es precisamente lo que ha determinado la elección del vampiro, quien, con sus abrazos le dará el último impulso, por así decirlo.

Lo que más atrajo mi curiosidad cuando conocí el apólogo fue eso de que los vampiros intenten redimir a las personas comunes y corrientes. En los tiempos que nos gastamos hoy uno no gana para sorpresas. Todo parece posible y todo ocurre o está punto de ocurrir. Pero ¿vampiros redentores? Si yo estuviese en plan para ser abrazado tres veces por un vampiro, creo que antes me gustaría conocer qué tipo de redención es la que se me brinda.

En fin, queda dicho que aquel día de mi tropiezo con Belakís en la calle 23 no pudo pasarme por la mente la sospecha de que pretendía abrazarme, porque aún yo no conocía el apólogo. No lo conocería sino un poco más tarde, después de haber recibido su segundo abrazo. Claro que entre lo que podríamos considerar el primero y el segundo abrazo de Belakís, éste tuvo a bien dispensarme nuevas interrogantes sin respuestas y tensas jornadas de cavilación, así como otras señales de su presencia entre nosotros, moviéndose libremente, sin que pudiésemos capturarlo, y sin descuidar detalles que me permitieran acercármele, a no ser cuando él quiso propiciar la cercanía. Y a veces lo quiso.

LEIDY DRÁCULA

En los días y semanas siguientes a nuestro tropiezo en 23 y 12, me empeñé en perseguir a Belakís con una voluntad que rayaba lo enfermizo. Anduve husmeando por toda la zona del Cementerio de Colón y sus barrios colindantes, cuadra por cuadra, edificio por edificio, teniendo que soportar en cada parada la cháchara de los denunciantes, interesados en hablarme de todo y de todos, menos de quien yo requería información. Pero el sacrificio no me resultaría inútil, ya que, gracias a tales pesquisas, pude descubrir el drama de aquella infeliz muchacha con un sobrenombre tan pintoresco: Leidy Drácula.

Una tarde, cansado de recorrer las barriadas durante horas, hice un alto en el portal de la cafetería La Pelota, de 23 y 12, para sacar cuentas a ver cuál era el mejor modo de emplear los únicos diez pesos que tenía en el bolsillo, si comprando una pizza, con la cual solucionaba la comida caliente del día, o bebiéndome una gaseosa para calmar la sed. La pizza costaba siete pesos, mientras que en la gaseosa tendría que emplear todo mi capital. Así que finalmente me dispuse a cruzar la calle 12, resuelto por la pizza. Y fue justo el momento en que volví a ver a Belakís. Estaba recostado a una columna en la misma esquina de Zapata y 12, o sea, frente con frente al cementerio, y a unos 100 metros, aproximadamente, del sitio en que me encontraba yo. En una de sus manos sostenía un cucurucho de maní tostado. Fue en lo primero que reparé al verlo. Mientras él, por su lado, al comprobar que yo lo había visto, lo primero que hizo fue ponerse en movimiento por la calle Zapata hacia arriba, con rumbo a Paseo. Tuve que desprenderme a correr para no perderlo de vista. Pero esta vez sí me acompañó la suerte.

Al llegar a Zapata, Belakís caminaba de espaldas a mí, sin apuro, sin mirar para atrás, como quien se pasea manteniendo más o menos la distancia que nos separaba al inicio. De pronto pensé que quizá lo había confundido con un transeúnte cualquiera, obsesionado como estaba por hallarlo. Pero esta duda me duró muy poco, sólo el muy escaso intervalo que él demoraría en voltear la cabeza para mirarme, segundos antes de que terminara de atravesar la calle Diez para introducirse en el pasillo lateral de un edificio de apartamentos. Corrí otra vez. Con menos suerte que la anterior, ya que ahora no volvería a verlo, pero no sin suerte del todo, porque junto a la puerta del segundo apartamento en el pasillo distinguí enseguida un cucurucho vacío de maní, y al recogerlo, noté que aún conservaba la tibieza del grano, o de la mano que lo sostuvo, en el dudoso caso de que fuera tibia la mano de Belakís. Sin pensarlo dos veces toqué a la puerta, que en el acto se abrió sola, bajo el leve empuje de mis nudillos. Tenía que ser una invitación para que entrara. O así lo entendí yo. Igual creí advertir quién era el que invitaba.

En la sala, oscura, apestosa, mugrienta, había una mujer, o es posible que una adolescente, pensé, medio desnuda y desmadejada sobre una butaca. Quizás estaba muerta. En un principio no me detuve junto a ella. Buscaba a Belakís. Y buscándolo registré en minutos el pequeño apartamento. Pero nada, ni la menor huella, ni su sombra de humo siquiera. Entonces regresé a fijarme mejor en el cuerpo inerme de la sala. No podría decirse que fuera una mujer hecha y derecha, aunque tampoco era una adolescente. Calculé que tendría unos 20 o 22 años. Y no estaba muerta, aunque bien poco debía faltar. Nunca había visto a una persona viva que lo disimulara al punto de parecer tan convincente cadáver. Juraría que no le quedaba ni pizca de sangre en las venas. Al tomarla en brazos para llevarla al hospital, observé en su cuello una lesión muy fresca, pequeña y circular, justo sobre una de las carótidas. Me recorrió un escalofrío. Pero no había tiempo para especulaciones peliculeras. La muchacha se estaba muriendo.

UN RASTRO DE SANGRE

Tres días después, al leer el resumen del equipo médico que le devolvió la vida a Leidy Drácula, supe que aunque se encontraba excesivamente drogada y muy débil, por no haber ingerido alimentos durante muchas horas, el estado en que la hallé se debía sobre todo a la pérdida de un 45 por ciento de su volumen sanguíneo. Sin embargo, no le detectaron ninguna herida en el cuerpo. Supe que la lesión circular de su cuello no era más que una muy tenue marca a flor de piel que ni siquiera rozaba la vena, como si dijéramos una pista falsa. En cambio, en el dorso de ambos pies tenía huellas de pinchazos con agujas, y éstos sí podrían haber sido el conducto por donde perdió tanta sangre.

Ya para entonces varios informantes entre sus vecinos me habían puesto al tanto del purgatorio que llevaba por existencia Leidy García Febles, alias Leidy Drácula, aficionada al vampirismo y a los ritos satánicos, pero con mucho más embullo que fe y aún con menos conocimiento de causa. Sus padres y todos los familiares cercanos habían emigrado hacia los Estados Unidos, pero ella se negó a seguirlos porque estaba enamorada en el barrio. Según los informantes, veía por los ojos del novio, quien, primero, le impuso un patrón de conducta (desviada), asumiendo su guía espiritual, por así decirlo. Más tarde, cuando Leidy quedó sin la protección de la familia, aquel novio iba a convertirse en su valedor absoluto. Y finalmente, él también desaparecería de la noche a la mañana, dejando a la muchacha tan tendida y pisoteada como una alfombra. Justo a instancias del novio había empezado ella a frecuentar las tertulias de los vampiros de la calle G, una bandada de adolescentes medio enajenados, más que medio desorientados y todavía más desatendidos y menos queridos. Angelitos caídos que ahora se nos dan silvestres (y que se apagan cayendo, igual que las estrellas fugaces, desde el cielo al fango), los tales vampiros no han podido encontrar otra distracción mejor que la de reunirse por las noches en algún área oscura de esa calle del Vedado para embobecerse unos a los otros hablando pendejadas en torno a las múltiples generaciones de Nosferatu que, según ellos, reencarnan cíclicamente a través de personas corrientes; o para pergeñar los diseños de esos ropajes negros y con onda egipcia que usan como vestimenta; o para escoger sus estrafalarios sobrenombres; o para practicar el despelote sexual todos contra todos, dicen que con el fin de energizarse con las potencias del otro. Y mientras, van tragando cuanto tipo de sustancia estupefaciente les cae en la boca. La única tontería que no han consensuado los vampiros de la calle G es la de beber sangre, aún menos chupándosela entre sí. Por eso me llamó la atención el calamitoso estado en que encontré a Leydi Drácula. Y más luego de que el resumen médico echara por tierra mis temores en el sentido de que Belakís pudo haber intervenido en el asunto, por así decirlo.

Si no había lesiones, ni intento de suicidio, ni nada que explicara con facilidad el cuadro con que tropecé en el apartamento de Leidy Drácula, quiero decir nada que no fuese un violento desvío del torrente de sus arterias. Si la recua de vampiros a la que pertenecía era abstemia de sangre (como el perdedor de la estirpe al que cantó Serrat), y si había descartado ya una posible agresión de Belakís, el caso policial estaba prevaleciendo. Y traslucía un claro rastro de sangre, sólo que a través de la sangre que no vi en la escena del casi crimen.

UNA BUENA PISTA

Mi primera idea fue transferir el caso a otros investigadores. Tan absorto me traían las deducciones en torno
a Belakís, que estuve a punto de darme por satisfecho
sólo con esclarecer o vislumbrar su inocencia en lo relativo al desangramiento de Leidy Drácula. Ya que él
no tenía vínculos directos con la agresión que presumiblemente había sufrido la muchacha, me bastaría con
omitir su nombre en el reporte, diciendo a los otros investigadores que fue el azar lo que me permitió descubrir este rollo. Pero tuve suerte, porque antes de entre-
gar el caso, se me ocurrió hacer algo que en buena ley
no me era permitido hacer: interrogué a Leydi Drácula
apenas los médicos me informaron que ya estaba capa-
citada para sostener un intercambio de palabras. Claro,
no fue mucho lo que pude sacarle en el arranque, ya que
esa muchacha es más fría que un iglú. De hecho, resulta
una exageración llamarle intercambio de palabras a las
cuatro o cinco muecas que deslizó por toda respuesta a mis preguntas preliminares. Pero quiso el diablo
que en algún momento tuviera yo la pícara iniciativa

de cambiarle el nombre, fingiendo un lapsus línguae. En vez de Leidy Drácula, le llamé Carmilla. Y con tan buena pata que la hice reaccionar. «Nada de condesa sangrienta —me respondió sin ganas pero muy resuelta—, una plebeya desangrada es lo que soy». ¿Y por qué no una antigua reina egipcia?, insistí yo, animado por su desanimada aunque apreciable buena disposición ante el tema. La verdad es que mucho más que a Carmilla —le dije—, te pareces a Miriam, una vampira egipcia con más de dos mil años de edad que recuerdo haber visto en otra película. «¿Tan decadente me veo?», ironizó ella. A lo cual respondí que no, que todo lo contrario, pues la singularidad de Miriam consiste en conservarse lozana y bella durante milenios, gracias a una rigurosa dieta a base de sangre joven. Pensé aprovechar el filón para sonsacarla contándole la película, pero me interrumpió, siempre con su tono desabrido: «Ya la vi —dijo—, es *The Hunger*, de Tony Scott, y también vi *Blácula*». Me había propinado un frenazo en toda regla. No obstante, creí hallar en su respuesta algún que otro motivo para asumirla como esperanzadora. En primera, era innegable que le satisfizo aquel entrecruzamiento de ironías sobre las mujeres vampiras en el cine. En segunda, posiblemente le sorprendió, para bien, y hasta quizá le gustó que yo lo propiciara, demostrándole alguna afición por la temática. En tercera, su sarcasmo al decir, sin que viniera al caso, que también había visto el filme *Blácula*, era (o al menos así lo aprecié yo) como una especie de cordial agresión, y era además una forma de sondearme, a ver si sería capaz de atrapar la pulla. Algo que le ratifiqué al instante con una carcajada de oreja a oreja. Y fue así como aquella breve charla me allanó el camino para otras más prolongadas y jugosas. Por cierto, cada vez que conversé con la muchacha a partir de entonces, siempre me llamaba Blácula, en burlona alusión al vampiro negro que protagoniza esa película, un bodrio, mala entre las peores películas del género, y racista para rematar. De cualquier manera, aquella ocurrencia de Leidy Drácula no pudo ser más oportuna, porque acortó las distancias entre nosotros dos, facilitando el diálogo, lo que a fin de cuenta me permitiría hilvanar algunas buenas pistas.

DIPLODOCO CON GRADOS DE CORONEL

Pude conjeturar que el novio de Leidy Drácula no había desaparecido por voluntad propia sino que muy posiblemente lo habían desaparecido, víctima de algún entramado que mucho más que con el vampirismo tendría que ver con el bandolerismo. Deduje también que no sería la única baja entre aquellos angelitos caídos en las oscuridades de la calle G. A partir de este par de supuestos (fruto de mis charlas con quien no resultó ser condesa ni sangrienta, pero sí una buena pista para avanzar en el entendimiento de las intenciones de Belakís), no me costaría trabajo inferir que alguna organización delictiva, dedicada al tráfico de sangre, hacía su agosto entre la muchachada de la calle G. El asunto desbordaba mi jurisdicción. Así que involucré a mis jefes. No me quedaba otro remedio.

Rebasa los objetivos de este informe el exceso de pormenores acerca del modo en que los pretendidos vampiros de la calle G estaban siendo explotados (y de paso aniquilados) por una banda de vampiros reales, no de la estirpe de Nosferatu, sino de las sangrientas mafias suramericanas, algunos de cuyos pichones empollaron en La Habana con plumaje de filantrópicos empresarios de países hermanos del continente que vinieron a impulsar aquí la inversión extranjera. O eso es lo que les habría servido de pantalla. Pero la de los suramericanos trapicheros de sangre es otra historia, ajena a mi interés por demás, ya que muy someramente se conecta con Belakís, como no sea mediante las circunstancias en las que él mismo aparentó estar conectado, parece que con el fin de llamar mi atención. Lo malo es que mis jefes no lo entendieron así. Y aún más equivocadamente que mis jefes lo entendió el jefe del grupo operativo de la Seguridad del Estado que vino a tomar posesión del caso una vez que mis jefes decidieron quitárselo de arriba, alegando que aquella fechoría de la cual eran parte y víctimas inocentes los vampiros de la calle G, atentaba contra el prestigio del gobierno, por sus implicaciones internacionales. Como yo era el que más había logrado avanzar entre los resquicios de la fechoría, me endilgaron la misión de informar personalmente al jefe de ese grupo operativo, un diplodoco con grados de coronel: grandulón, robusto, con los brazos cortos y un par de manitas con dedos regordetes, engarrotados, y con una cabeza increíblemente pequeña para su corpulencia, sobre un cuello de serpiente increíblemente largo, y dominada por unos ojitos brillantes como relámpagos entre nubes de pómulos túmidos. Lo más semejante que he visto a esos dinosaurios de grandes dimensiones y quijadas de ofidio, que, según cuentan los entendidos, sólo comían hierbas, algo que tal vez explique las menudencias de sus concavidades cerebrales.

Los asuntos con el diplodoco fueron de mal en peor desde el primer minuto. No se conformó con que le detallara el caso mediante un panfleto de más de 20 páginas, ni aun con que lo llevara a conocer de cuerpo presente a cada uno de los denunciantes que me había dicho algo útil. Quiso que yo permaneciera en su equipo durante varios días, pues necesitaba —dijo— confirmar la pertinencia de nuestros datos, para estar seguro de que la investigación le correspondía en verdad a su grupo. Finalmente, o casi, luego de haberme hecho perder la mar de horas en reuniones babosas y en interrogatorios del tipo en que las preguntas son puro trámite y las respuestas sobran, lo vi venir, imponiendo siempre su librito y sus amañadas deducciones, con la historia de que, en efecto, el caso podría ser de la incumbencia de la Seguridad del Estado, pero sólo si era investigado en otra dirección si bien no ajena a la que nosotros proponíamos, sí escarbando más incisivamente en su raíz. Todo indica que al coronel diplodoco no le parecía suficientemente grave para el prestigio de su gobierno que una banda de forajidos suramericanos con credenciales de empresarios, otorgadas oficialmente, se dedicase a manipular, estafar, drogar y masacrar a los vampiros de la calle G, con el objetivo de traficar con su sangre. En rigor, para culminar el proceso investigativo, con todas las pruebas en un puño y aun con los cabecillas detenidos, al diplodoco le hubiese bastado con la realización de un par de maniobras que también aparecían sugeridas en las páginas de mi informe. Sin embargo, él prefirió extraviarse por sus fueros. Lo que nunca llegaré a saber es si lo hizo por falta de seso y por esa manía —crónica entre los de su gremio— de anteponer los prejuicios al juicio, o si, en cambio, incidieron otras motivaciones menos ingenuas en torno a las cuales no me convendría especular. La cuestión es que de pronto, con el proceso investigativo a punto para el cierre, incluso después que yo le había transferido completamente el caso, el diplodoco me volvió a llamar a toda carrera para convocarme a una charla amistosa en clave de confidencia. Así me lo anunció por teléfono, con un gracioso aire hitchcockiano, al tiempo que adelantaba que nuestra charla tendría como centro a Belakís, un prófugo de la justicia cuyo nombre no lograba encontrar en ninguna de las páginas de mi informe, siendo, como a todas luces parecía ser —me decía—, el inspirador y artífice de las fechorías de la calle G.

Era obvio que mis jefes habían estado volcando en la magra mollera del diplodoco sus hipótesis acerca de Belakís como presunto agente de la CIA. También deben haberle dicho que fue precisamente siguiendo el rastro de Belakís como logré yo deshebrar aquella mogolla relacionada con los vampiros de la calle G. Aunque me temo se cuidaran de aclararle que ni Leydi Drácula ni ninguno de los otros adolescentes vampiros que yo interrogué habían visto jamás en su vida a Belakís, no tenían la más remota noción de su existencia. Conociendo como conozco a mis jefes, me quedo con la probabilidad de que sólo dijeran lo conveniente para procurar que el diplodoco se entusiasmara con la sospecha de que aquello de la calle G era obra de Belakís y, por tanto, de la CIA. Si él les concedió crédito porque le gustaba el manto de nueva gesta patriótica que aportaba al caso, o si sencillamente la novedad le vino caída del cielo por motivos que escapan a mi entendimiento o a mi incumbencia, es algo que nunca sabré, ya que, de hecho, ni siquiera llegamos a sostener la conversación en clave a la que me había convocado. Pues a primera hora del día siguiente, cuando llegué al lugar de la cita, que era la propia casa del coronel diplodoco, me desayunaría con la noticia de su muerte.

LA MISTERIOSA EXTINCIÓN DEL DIPLODOCO

Aconsejaba Alfred Hitchcock que no debemos confundir el parentesco que ocultan en su fondo las palabras suspenso y sorpresa. Todos los suspensos no desembocan necesariamente en sorpresas. Ni todas las sorpresas implican suspenso antes o después de su desenlace. Puede ocurrir incluso que en un hecho dado intervengan el suspenso y la sorpresa, pero cada cual por su rumbo, sin que se condicionen uno al otro, sin que se imbriquen o se retroalimenten. Me viene a la memoria una película de Hitchcock, *El agente secreto*, en la que a un individuo le encargan la misión de matar a cierto espía cuya identidad y aun cuyos rasgos físicos desconoce por entero. El individuo, como era posible esperar, empieza por confundir el objetivo y darle muerte a un inocente, mientras el verdadero espía termina muriendo accidentalmente, sin que su perseguidor se entere siquiera. En fin, es uno de esos ejemplos en que el suspenso y la sorpresa coinciden, pero cada cual por su lado. La sorpresa por la muerte del inocente no suma ni resta suspenso a la trama. Así como la muerte accidental del espía no iba a constituir más que una sorpresa baladí con la que Hitchcock se burla socarronamente del suspenso.

Algo similar, o equiparable, pudo haber ocurrido con la sorpresiva muerte del diplodoco.

A primera hora de la mañana, cuando llegué a su casa, la esposa aún no sabía que estaba muerto, o por lo menos eso es lo que me dijo. Descubrió el cadáver del diplodoco precisamente cuando fue a su cuarto para anunciarle mi visita. Según ella, como no dormían en la misma habitación desde hace un tiempo, no lo vio regresar la noche anterior (suponía que muy tarde, en horas de la madrugada, y además muy borracho), ni cree haber escuchado ruido alguno fuera de lo común. Pero el diplodoco tenía la cabeza atravesada de lado a lado por un balazo a la altura de las sienes. Y el disparo había sido evidentemente a bocajarro. Estaba acostado en su cama, como si durmiese, con toda la ropa puesta y hasta con los zapatos. En la mano derecha portaba una pistola, la suya reglamentaria, y aún mantenía el dedo índice muy cuidadosamente (yo diría que sospechosamente) plantado sobre el gatillo. Por cierto, también en la derecha llevaba el reloj pulsera, y no pude sustraerme a la menuda distracción de confrontar su hora con la de mi propio reloj. Eran las ocho en punto, justo el momento en que habíamos acordado vernos. Recuerdo que permanecí un instante observando el mecánico desdén con que las manecillas del reloj del diplodoco continuaban su marcha, como si nada hubiera sucedido. Este ligero detalle me trajo a la memoria algo que debo haber leído no sé en qué libro sobre el descorazonador tictac que se desprende de los relojes de pulsera de los soldados muertos en el campo de batalla. Un tictac alterando la tensa mudez que sigue al combate.

Por lo demás, es bien poco lo que yo lograría atisbar y menos lo que pudo aportarme aquella infeliz mujer en torno a la muerte del diplodoco. De repente ella se puso demasiado nerviosa, perdió la compostura (yo diría que sospechosamente), y se trancó en banda, llorando a mares, mientras se limitaba a repetir «ay, Dios mío, qué barbaridad», embistiendo las paredes con dramáticos cabezazos. Tampoco a mí me interesaba particularmente escarbar en los trasfondos del suceso, es la verdad. Lo primero que pensé fue que debía irme de allí, cuanto antes mejor. Sabía que muy pronto la casa del diplodoco iba a ser invadida por sus camaradas de la Seguridad del Estado, a quienes les extrañaría sin duda verme en la escena del crimen, si es que era un crimen, o igual si no lo era, pues siempre iban a pensar que era un crimen. Oficialmente mi colaboración con el diplodoco había terminado. Y ya que aquella cita para vernos en su casa tuvo carácter confidencial, era de suponer que nadie más que nosotros dos estaba al corriente. Sólo el diplodoco podría confirmar el motivo de mi visita. No dudo que al final apareciera alguna forma de aclarar las cosas, pero entre una suspicacia y la otra, iban a hacerme perder un valioso rato. Era eso lo que yo quería evitar. De manera que me las arreglé para calmar a la viuda, con el fin de que pudiese llamar por teléfono y dar cuenta de lo acontecido. Y llamando la dejé mientras me deslizaba hacia la puerta de salida.

Sin embargo, a pesar de toda teoría, aun las del propio Alfred Hitchcock, hay sorpresas que sí se imbrican con el suspenso. Y yo tendría la oportunidad de comprobarlo enseguida.

Apenas planté los pies en la calle, me dirigí hacia un teléfono público y llamé a mi jefe inmediato para ponerlo en antecedentes sobre la novedad. La decisión no me hacía gracia, pero ya que iban a enterarse de todas formas, era mejor que lo supieran por mí conducto y con la mayor prontitud. Mientras hablaba por teléfono, reparé en un personaje curioso que estaba parado en la esquina, a muy corta distancia, mirándome de hito en hito, con un desenfado realmente mortificador. Por su facha, supuse que sería un vagabundo, o un loco, o un vagabundo loco. Y por algún otro detalle impenetrable me resultó vagamente conocido. De cualquier modo, como no dejaba de mirarme, y como además parecía haberse detenido en la esquina expresamente para esperar por mí, le partí directo tan pronto colgué el teléfono. El personaje no se inmutó al ver que me le acercaba. Al contrario. Abrió bien la boca para que percibiera su sonrisa entre la maraña de una barba blanquecina, grasienta y muy sucia, mientras me decía: «Usted ha sido mi elegido de esta mañana, no le queda otro remedio que darme un peso para el desayuno». ¿Para el desayuno o para ron?, pregunté yo. A lo que respondió el personaje: «Algunos desayunan con pan y otros con ron, ¿qué más le da?». Saqué el peso del bolsillo, con un cierto alivio al ver que no era sino un borracho vagabundo. Y entonces tuvo lugar la sorpresa. En el momento en que iba a depositar el peso en su mano —el borracho, llamémosle así—, me dijo con un hilo de voz, enronquecido y susurrante: «Ella lo mató, pero usted debe saber que tenía sobradas razones». Aquel comentario me detuvo en seco. ¿Cómo?, ¿qué me dice?, interrogué, como si no lo hubiera oído bien. Pero el borracho parecía dominar este tipo de rejuegos verbales, así que continuó en la deriva, ajeno a mis palabras y consciente de la efectividad de las suyas: «Él la golpeaba salvajemente —agregó—, a ella y a su hijo de 11 años de edad y enfermo con Síndrome de Down; regresaba pasado de tragos y los golpeaba, noche tras noche, hasta que ella no pudo aguantar más». Nuevamente intentaría interrumpirlo, pero él me lo impidió con un gesto de su mano: «Usted —me dijo— es un hombre inteligente y honrado, así que sabrá lo que hay que hacer». Y con las últimas palabras, me vino súbitamente para arriba, me dio un abrazo muy breve, y volvió la espalda, sin recoger el peso, para irse perdiendo calle abajo, mientras yo lo observaba tan perplejo como el rabo del perro cuando lo separan del perro.

LA VERDAD SEGÚN HITCHCOCK

Una oportuna sorpresa y un defectuoso suspenso fueron
el saldo de aquel nuevo encuentro con Belakís. Porque
desde luego que el vagabundo borracho no podía ser sino
Belakís bajo otra de sus múltiples identidades. No nece-
sité exprimirme demasiado la sesera para descubrirlo. A
cualquiera en mi lugar también le hubiera resultado fácil.
Incluso, estoy seguro de que al confirmarlo ahora no consigo sorprender ni al más inocente de los lectores de este
informe, pero qué remedio, era él, y no he de darle vueltas
al dato por más socorrido y previsible que parezca. La sorpresiva revelación de sus palabras —estuviesen o no basa-
das en hechos ciertos— me impulsó a seguir una conducta no sé hasta qué punto temeraria o insensata. Sencillamente obedecí a mis instintos, o es lo que prefiero creer,
que estaba guiándome por mi propia voz interior y no por
el mandato de Belakís. El caso es que en lugar de retirar-
me a la carrera del entorno del crimen, tal como había pla-
neado, resolví hacerle una rápida visita a la presidenta del
Comité de Defensa de la Revolución en el barrio, es decir, a la primera persona a la que acudirían los camaradas

del diplodoco en busca de información que les ayudase a clarificar las circunstancias de su muerte. Fue una charla muy breve la que sostuvimos, pues yo disponía de pocos minutos (menos de los pocos que seguramente faltaban para que irrumpiesen los camaradas en el barrio), así que tuve que ir directo al grano. Y aclaro que para mí el grano no era lo que aquella mujer pudiera decirme acerca del diplodoco y su familia, sino lo que me propuse decirle yo a ella, a sabiendas de que lo asumiría como información confidencial, así que apta para ser divulgada entre los vecinos como pan caliente, y aún más estimulada por mi advertencia de que se trataba de un secreto oficial que no debía ser divulgado entre los vecinos. En suma, la informé sobre el asesinato y le dije que nosotros —quise decir la policía— estábamos ya sobre la pista de sus ejecutores, que sabíamos que a eso de las tres de la madrugada un automóvil de color negro o azul oscuro se detuvo frente al edificio donde vivía el diplodoco y que dos individuos con toda la traza de extranjeros, suramericanos en específico, fueron vistos descender del auto para dirigirse al lugar del crimen. No habíamos podido acopiar otros datos, nadie estaba seguro de haber escuchado los disparos ni de haber visto a los individuos cuando se marchaban a la precipitada. Y era en esta dirección en la que necesitábamos la ayuda del Comité de Defensa de la Revolución. Alguien sin duda debió escuchar los disparos y alguien más debió ver a los homicidas suramericanos marcharse en su automóvil. Y de ser así, teníamos la certeza de que ella, como presidenta de esa organización de los vecinos del barrio, iba a resultarnos clave en la búsqueda de otros testimonios para completar las investigaciones.

No me interesa la verosimilitud. Por supuesto que esto no se lo dije a la atenta cabeza de nuestros confidentes en el barrio. Ni siquiera es a mí a quien no le interesa la verosimilitud. Bien arreglado estaría, siendo como soy un investigador policial, si es que aún lo soy, cosa que dudo. La frase es de Alfred Hitchcock. Pero la traigo a colación porque lo que quiero confrontar ahora es el motivo por el cual Hitchcock declaraba no interesarse por la verosimilitud, al menos cuando hacía cine, que era casi siempre.

Vaya usted a saber cuántas mentiras caben dentro de una sola verdad. Deben ser muchas, si tenemos en cuenta que para cada quien no hay verdad más verdadera que la suya propia, o sea, la verdad privada de cada cual. Entonces no parece desencaminado poner en duda el crédito que se le dispensa a eso que llamamos «decir la verdad». Hitchcock creía que nada es tan fácil como mentir diciendo la verdad. Es el motivo por el cual no le interesaba la verosimilitud, adoptada, desde luego, en su aspecto más convencional y reductor, quiero decir en tanto enfoque de alguien que consigue establecer la sugestión propia como verdad para la mayoría. Atenerse a ese tipo de norma implica un comportamiento mediocre y aburrido. Digo, según Hitchcock. Aunque no creo que sean demasiadas las personas que comparten su punto de vista, para mal o para bien, y más para mal diría yo. Incluso, hay ocasiones en que este fenómeno ha terciado de mal para peor, dando lugar a bien sonadas calamidades históricas.

Me viene a la mente una de esas ocasiones, una entre muchas, aunque no es una cualquiera, sino demostrativa del modo en que un calamitoso conjunto de falsas verdades anularon la verdad verdadera, no momentáneamente, digamos durante un mes o un año, sino a lo largo de más de cuatro siglos. Y no sólo. También provocaron uno de los crímenes más siniestros e injustificables de la historia, el de Giordano Bruno, brillante sabio del Renacimiento, quien fue juzgado y condenado a la hoguera por el tribunal de la Inquisición, a partir de una mentira que empezó siendo la verdad privada de un imbécil.

Giovanni Moncenigo, noble sin nobleza de la ciudad de Venecia, le había propuesto a Bruno que fuera su tutor y valedor privado, con la envidiosa intención de que éste, a su vez, le traspasara parte de su sabiduría. Pero parece que Bruno era un tipo indomesticable, se la ponían blanda los tutores y los mecenas de toda laya. Así que un buen día se hartó de Moncenigo. Entonces quiso dejarlo en la estacada, y de ahí mismo sobrevino su desgracia, ya que aquel noble sin nobleza, antes de verse abandonado por su admirado y envidiado maestro, prefirió ver a éste envuelto en llamas, literalmente, para lo cual le bastaría con denunciarlo ante la Inquisición, acusándolo de blasfemo, de conducta inmoral y de hereje. Nada más. En el Campo dei Fiori, el sitio donde quemaron vivo a Bruno, existe hoy una estatua suya que es venerada como símbolo de la libertad de pensamiento. Y ha querido Dios que ese sitio esté ubicado a pocos pasos del Vaticano, centro del poder de los más y los menos y los muchísimo menos antiguos inquisidores.

El hecho es que por conducto de esta sobrecogedora anécdota me han venido a la memoria aquellos Edictos de Fe con los que hicieron su agosto los tribunales de la Inquisición. ¿Y qué eran en sustancia sino un modo, harto criminal y harto sucio, pero un modo de sacarle provecho a la verosimilitud, en tanto denuncia que la gente repetía propulsada por el miedo? Ya que una persona exponía sus «verdades» para culpar a otra, por más o menos creíbles que les salieran de la boca, y ya que hasta el propio denunciado reconocía su «culpabilidad», aunque lo hiciera bajo tortura, los Edictos de Fe provocaban confesiones suficientemente verosímiles como para que los inquisidores le otorgasen valor de ley, categorizándolas en la tierra con el visto bueno del cielo. Me dirán que se trata de un ejemplo exagerado. Lo es, pero sólo dentro del propio carácter relativo de lo que puede ser o no la verdad para según quién y según en qué circunstancias.

Yo mismo suelo ver a diario, por razones de mi trabajo, cómo hay personas que regurgitan opiniones, prejuicios y hasta mala leche contra sus vecinos o amigos o parientes, otorgándole categoría de verdad a toda la metralla que les venga a la lengua. Algunas de esas personas —creo haberlo dicho ya— lo hacen por sacar beneficio. Otras ni siquiera buscan algo en concreto, como no sea la irracional satisfacción de dañar a un semejante.

No hace mucho, leí cierto libro en el que alguien desgranaba nostalgias por los viejos investigadores policiales. Sus motivaciones tenían que ver precisamente con este asunto sobre la búsqueda de la verdad verdadera, con su empeño en dar fe de la inteligibilidad del universo y de la autoridad de la razón ante el imperativo de hallar salidas en medio del maremágnum que nos copa. A mí también me hubiese gustado trabajar con los métodos de aquellos viejos investigadores. Y por más que no he tenido la fortuna de frecuentarlos sino a través de las películas, también a veces creo sentir nostalgia por ellos. Sin embargo, es un hecho que tales métodos no son los nuestros. No armonizan con nuestra realidad. Así que yo estaba condenado al fracaso al intentar emplearlos. Y no sólo. Como los conceptos cambian, y ya que éstos por lo general prosperan a partir de algún prejuicio, estaba además condenado a resultar sospechoso para mis iguales. Tan pronto dejara de creer en lo que me decían y empezara a guiarme únicamente por mis propias comprobaciones, observaciones, deducciones y conclusiones, iba a convertirme en la clásica mosca dentro del vaso de leche. Mis razones, como las de cualquier otro investigador policial, o las de cualquier otra persona en suma, eran —son— lo menos importante, dado que la razón ha sido derrotada en ominosa lid frente a las verdades digamos hitchcockianas de una mayoría permeable, homogeneizada, magnetizada, cuyas palabras no persiguen dar validez a la verdad, si es que ésta existe. Lo que persiguen, en todo caso, es minar la confianza de cada uno de nosotros en los otros, desvaneciendo toda posibilidad de comunicación y de comportamientos solidarios.

En fin, casi está de más puntualizar que muy pronto terminaría enterándome de que varios miembros del Comité de Defensa de la Revolución en el barrio del diplodoco coincidieron al testimoniar que habían escuchado los disparos, a eso de las tres de la madrugada. Más de uno añadió que había visto el automóvil negro o azul oscuro cuando se detuvo frente al edificio donde vivía la víctima, observando además que dos sospechosos individuos, con toda la traza de suramericanos, descendían del auto para dirigirse directamente hacia la casa del diplodoco. Y hasta hubo quien dijo que minutos después de escuchar los disparos, presenció cómo el automóvil de color negro o azul oscuro abandonaba el barrio a toda velocidad, con un estruendoso chirriar de neumáticos.

EL PRIMER CHIVATO

La primera y única vez que lograría sostener una conversación formal con el hombre de la sombra de humo estaba ya en germen, pero antes debieron transcurrir unos meses. Y ese período fue el que me impulsó a meter irremisiblemente la cabeza en el cepo. Por un lado, los investigadores de la Seguridad del Estado no podrían demostrar la responsabilidad criminal de la esposa del diplodoco, pero como sus camaradas no se mostraban dispuestos a conformarse con la tesis del suicidio, parece que no les quedó otro remedio que caerle encima a los suramericanos traficantes de sangre, atendiendo al mecanismo de delación popular que, al ser soporte de su trabajo, tampoco les convenía pasar por alto. No es que actuaran a fondo contra la alta jerarquía de aquella banda de reales Nosferatus, pero al menos libraron a los inocentes vampiros de la calle G de algunas de sus jetas más visibles. Mientras, por otro lado, luego de someterme a varios interrogatorios (o consultas informales, que es como les llamaron) con el objeto de clarificar los motivos de mi presencia en la casa del diplodoco en el instante en que fue hallado su cadáver, los camaradas simularon olvidarse de mí y —lo más inquietante— también dejaron de meter abiertamente la cuchareta en mis investigaciones en torno a Belakís. La verdad que debían asumir sobre los hechos, con todo y que no fuera la verdad —y aun cuando ellos no llegaran a tragársela—, les estaba obligando a contenerse y a repensar sus estrategias, presumiblemente a la espera de otras verdades más propiciatorias.

Hay quien afirma que la verosimilitud depende únicamente de la lógica interna de cada acto o de cada suceso, y no del modo en que los describan sus testigos. No está mal para mi gusto, pero ¿de qué otra forma quedaron refrendados siempre los hechos de la historia sino mediante el testimonio de aquellos que los vivieron o que llegaron a conocerlos a través de testigos, fueran observadores o protagonistas directos? Por lo demás, eso de atenerse a la lógica interna de los hechos como única vía para establecer su autenticidad, tampoco me convence por entero. Hace unas pocas semanas precisamente, cuando trataba de alumbrarme ideas con las cosas que han escrito los que saben sobre este tema, tropecé con un texto dedicado a defender a Judas Iscariote, al que muchos consideran el primer chivato de la historia, o al menos el que más presente tenemos. Se decía allí, más o menos, que el tal Judas es inocente no sólo de la culpa que pesa sobre su nombre como delator de Jesucristo, sino también, y sobre todo, como el arquetipo de la traición en que lo han convertido. Para constatar su inocencia —según lo que leí— bastaría con tener en cuenta que la presunta víctima de su delación era un hombre con un rostro y una imagen pública bien conocidos por todos, debido a sus prédicas y a los numerosos milagros que realizó ante la vista de las multitudes. De modo que el Sanedrín no habría necesitado pagarle a un delator para que facilitara su identificación. Al igual que toda la gente de los contornos, los guardias que iban a llevarse preso a Jesús sabían muy bien quién era él. Alegaba también el defensor de Judas que éste, lejos de ser el apóstata que entregó a Cristo a los verdugos, fue el primer mártir de su causa, justo el conducto de que se valió el hijo de Dios para sacrificarse por los hombres, no sin antes dejarnos una lección que era asimismo una advertencia, a saber, que la delación es un pecado mortal, *la única culpa no visitada por ninguna virtud*, pero que a instancias del supremo poder de Dios, hasta el más terrible de los pecados puede ser útil para redimirnos. Tenemos entonces que aquí radicaría la lógica interna del suceso, y, ateniéndonos a sus reglas, casi llegamos a concluir que tal lógica da un gran vuelco a lo que realmente ocurrió durante la Última Cena. Sin embargo, sucede que la historia o la leyenda de Judas debió contarla algún testigo de los hechos. Y quien la contó tiene que haber sido sin duda el encargado de aportarle su lógica interna. Entonces, ya que fue así, ¿de qué manera la susodicha lógica interna puede resultarnos más digna de confianza que aquel que la creó y le dio sentido a través de sus testimonios? A no ser que la lógica interna de esta historia sea otra y que signifique exactamente lo contrario de lo que ha pretendido el defensor de Judas. Quiero decir que lo que en realidad quiso demostrarnos Jesús es que la delación es no sólo el peor de los pecados, sino el único ante el cual hasta la fuerza de Dios puede resultar impotente. O tal vez habrá querido demostrarnos que aun cuando el Sanedrín que dispuso la detención del

Mesías, y hasta los guardias que lo detuvieron, conocían sobradamente su identidad, iban a necesitar como franqueo el chivatazo de Judas, porque la delación está en la raíz de todo mal y de toda injusticia. Mientras, por su parte, Judas no delató a Jesús para favorecer al Sanedrín, ya que no era necesario, ni siquiera lo hizo por dinero, sino porque fue predestinado por la providencia como germen del mayor pecado, aquel del que siempre se valen los poderosos para desviar hacia el delator la atención de los propios atropellos. Y de esa manera, desmoralizándolo, privándolo de todo respeto por sus semejantes y por sí mismo, lo mantiene bajo su dominio y a su servicio, no tanto porque necesiten saber lo que el delator les informa, sino para fortalecer el poder mediante su persona, ya que la anónima amenaza que cualquier delator cierne sobre el grupo es un obstáculo para el entendimiento y la confianza entre las víctimas del poderoso.

No me anima enredar la mogolla más de lo que ya la enredaron otros. Apenas estoy intentando despejar algunas incógnitas en torno a la verosimilitud y a ciertos embrollos que se le vinculan. Si acaso lo único que me queda claro es que nada se ha mostrado con total claridad ante nadie. Mientras más me adentro en la espesura del tema, más denso y oscuro lo veo. Ahora bien, me parece obvia la equivocación de quienes aseguran que la verdad verdadera de todo suceso radica en su lógica interna. ¿Acaso la lógica en cuestión no carece ella misma de verdad verdadera, al depender, como depende, de las diferentes interpretaciones de sus testigos o sus refrendadores, y al estar contenida en las palabras, que no son sino artefactos para aliñar y acomodar y enrarecer y camuflar ideas?

Con todo y que puedo estar incurriendo en otra de esas precipitaciones que tan caras me salen frecuentemente, si ahora mismo me aprietan un poco, creo estar dispuesto a apuntarme en el equipo de quienes profesan que la verdadera verdad es sólo aquella que podemos tocar con las manos. Y aun así, continuaría dependiendo de lo que sea capaz de percibir cada mano que toca. Entonces, por lo pronto, la única verdad quizá sea la duda.

AL HABLA CON BELAKÍS

En La Panchita quedó nuevamente desmentido aquello de que no hay en el mundo otro cielo tan azul como el nuestro. Al menos en el momento de mi llegada y durante las horas que permanecí en ese pequeño pueblo costero, ubicado al norte y centro de la isla, el cielo era de color ceniza, cubierto casi todo el tiempo por una costra de nubes sucias. Y no sólo el cielo, en general el paisaje me recordó al de cierta famosa novela de ciencia—ficción con trama de catástrofe futurista. Troncos desnudos donde alguna vez hubo árboles, cascotes de rocas y ruinas de rústicas edificaciones que boqueaban bajo el sol igual que calaveras en descomposición. Desde la playa hacia adentro, a través de una vasta y desértica explanada, era todo cuanto había al alcance de la vista. No iba a sorprenderme, puesto que me advirtieron previamente (al encomendarme la misión de viajar hasta La Panchita) que en aquella zona apenas se apreciaban los vestigios de una antigua existencia más o menos normal. De hecho, entre sus moradores difícilmente iba a encontrar jóvenes. Ya que por alguna extraña razón —me dijeron—, sólo era corriente ver allí ancianos y niños, o en última instancia personas con no menos de 50 años de edad.

¿De qué manera se relacionaba el caso que estaba investigando entonces, quiero decir el de Belakís, con aquel ambiente posterior a la tercera guerra mundial o a la de calenturientas invasiones de extraterrestres? No es que coincidiera gratuitamente, sino que, al igual que otras veces, Belakís lo había hecho coincidir, no sé si con la intención de forzar mi desplazamiento hacia el lugar. Lo único que supe en un inicio (aunque después no llegaría a saber mucho más) estaba contenido en el informe que me extendieron en la jefatura, donde se leía que un extraño sacerdote católico —o un sacerdote católico de extraño comportamiento— se había instalado en La Panchita de la noche a la mañana, y a la vez que convocaba a los pobladores para que lo ayudasen a reconstruir la vieja iglesia de la zona, abandonada y en ruinas desde hacía varias décadas, se dedicaba a adoctrinarles con discursos «no del todo claros» sobre la necesidad de que fuese recuperada para su terruño la vitalidad de que gozó en períodos anteriores.

Lo menos claro de aquellos sermones no del todo claros, según el informe, era cierto énfasis en torno a la necesidad de que en La Panchita volviera a ser visible la presencia de jóvenes generaciones de lugareños. «Cristo salvó al mundo con la feracidad de su sangre, a ustedes corresponde salvar a este pueblo de una manera semejante. La sangre de Jesús les trae de vuelta una fecunda relación con vuestra propia sangre. La sangre romperá el poder del mal sobre sus vidas. A través de la sangre encontrarán la curación de este pueblo. Ella los liberará del encierro dentro de ustedes mismos y de la condena a la pobreza. La sangre como sustanciación conduce a la victoria sobre el exterminio. Es necesario que honremos con la multiplicación de nuestra sangre la forma en que Cristo nos enseñó con la suya a liberarnos de la esclavitud del pecado y del maleficio de las leyes lesivas...». Por esa dirección iban las balas de los sermones. Digo, si he de tomar al pie de la letra lo que espontánea y gustosamente contaron ante mi grabadora algunos de los que parecían ser sus más leales feligreses, y de cuyos testimonios tuve a bien tomar nota, aunque sólo fuera para mi consumo, puesto que si llego a enviar tales notas a los mandos superiores en La Habana, no habría conseguido sino empeorar la situación, la de Belakís y la mía, añadiendo un nuevo cargo contra él, y uno muy grave, el de intentar el levantamiento en armas de aquella pobre gente. Luego, para rematar, resultaba demasiado obvio que sus sermones iban dirigidos especialmente a los niños. Si alguna duda cabía, estaba el hecho, confirmado por todos mis informantes, de que al final de cada una de sus peroratas, el sermoneador les pedía a los niños presentes, sólo a los niños, que se abrazaran entre sí, pero no antes de abrazarlos él a todos, uno por uno. ¿Y por qué serían los niños su objetivo? La pregunta estuvo entre las primeras que le formulé cuando al fin se produjo mi única charla formal con Belakís. Y como era de esperar, su respuesta no sería suficientemente satisfactoria. Pero entre lo que me dijo y lo que yo deduje de las confidencias que me iría arrimando la gente en La Panchita, pude concluir que él se había propuesto ensayar allí una especie de exorcismo en masa, ya que los pobladores —según me dijeron que decía—, estaban afectados por un conjuro maligno debido al cual solían acostarse alguna noche siendo niños para despertar a la mañana siguiente convertidos en ancianos, o en el mejor de los casos en hombres y mujeres de edad madura, quienes supongo que serían defectuosos padres de los niños. Todo indicaba entonces que para Belakís, eran los niños (simiente del cansancio y la derrota, les llamaba) el blanco especial de aquel conjuro maligno, y también eran sus propagadores.

Por lo que se ve, más preocupantes no podían ser aquellas prédicas, por cuanto alimentaban las sospechas de los de arriba a través del río revuelto para la especulación que iban dejando correr a su paso. Mientras, ningún poblador manifestaba estar inconforme con la presencia de Belakís, por más semblante de pavor que se les notara ante la sola mención de su nombre. Todos parecían recelar al escucharlo, pero ninguno dejaba de asistir a sus sermones y era claro el influjo que éstos ejercían sobre ellos. Todo lo dicho o hecho en La Panchita por el hombre con la sombra de humo era motivo de complacencia para su gente, aunque no dejase de provocarles miedo. Sin que aparentemente él se lo hubiera propuesto, estaba figurando ante todos como un raro espécimen, habitante de otras latitudes quizá, por no decir de otro mundo. ¿Pero qué locura es esa?, me espetaron enseguida desde el mando superior en La Habana, como si la locura fuera mía y como si a fin de cuenta lo verdaderamente loco, por encima de la conducta de Belakís, no fuesen las circunstancias imperantes en aquel trozo de galaxia Andrómeda hacia donde me enviaron con la misión de meterlo preso en cuanto lo viera, si es que en definitiva el extraño sacerdote era él, o aun cuando no lo fuese. Mi tarea en este caso —me habían advertido terminantemente— no consistía en ponerme a investigar con minuciosidad sobre el terreno, puesto que así le dejaría abierta una vez más la puerta de escape a nuestro hipotético agente de la CIA. Yo había sido enviado a La Panchita con la estricta misión de identificar a Belakís y de apresarlo en el acto, aun cuando no estuviera seguro de que se trataba del mismo individuo que robó las sotanas en el aeropuerto de La Habana. Nada necesitaba averiguar, según las órdenes de mis jefes, porque a través de altos representantes de la iglesia católica en el país, que fueron los que denunciaron su presencia en La Panchita, estaban enterados ya no sólo de que el sermoneador en cuestión era un falso sacerdote, comisionado tal vez por alguna de esas sectas luciferinas que se dan silvestres en los Estados Unidos, y que, además, para mayor inri, incurría en la provocación de reconstruir una iglesia como Dios pintó a Perico, quiero decir sin respetar sus estructuras clásicas, por lo que en vez de un templo para la adoración del Altísimo, la obra podría acabar siendo un altar de sacrificios bárbaros.

Vistas así las cosas, tal vez sea posible decir que mi primer paso hacia el cepo consistió en no cumplir la orden de apresar de inmediato al hombre con la sombra de humo. Lejos de hacerlo, traté de dialogar con él, dando rienda suelta a mi afán por acercarme a la verdad de sus actos. Sí, es posible decirlo así, aunque no sea la verdad. Pues el primer paso hacia el cepo lo había dado antes, justo el día en que Belakís se cruzó en mi camino.

Creo que ni bajo tortura sería capaz de reproducir fielmente aquel diálogo que sostuvimos en La Panchita. Con el transcurrir de los días y los meses he ido omitiendo detalles, y lo que es peor, trastocándolos. Al punto que aunque atine a recordar alguna que otra formulación y alguna que otra respuesta, en la mayoría de los casos ni siquiera estoy seguro sobre cuáles fueron expresadas por él y cuáles por mí. Mucho menos me encuentro en disposición de organizar en orden coherente lo que hablamos. Por descontado dejo que, como suele ocurrir, mi memoria pudo haber disuelto ya, mediante reacción natural, todo lo que no era conveniente o meritorio que mantuviese activo. Sin embargo, y ya que no me queda otro remedio, intentaré emborronar algún tipo de síntesis, confiando en que la suerte ayude, con el fin de que quienes lean este informe se encarguen de aportar la buena disposición de ánimo que se necesita para establecer (sin que yo lo especifique, porque no me siento apto para hacerlo, salvo en algunos pequeños detalles) cuándo es que habla el hombre con la sombra de humo y cuándo lo hago yo.

—¿Por qué hemos llegado hasta aquí, comportándonos como si fuéramos enemigos?

—Porque usted prefiere el misterio y no sus develaciones.

—La naturaleza de las cosas se enraíza en el misterio. Y yo al menos no oculto mis preferencias, pero ¿qué prefiere usted?

—La verdad

—La verdad tiene estructura de fantasía.

—Pero el octavo mandamiento prohíbe falsearla.

—¿A cuál verdad se refiere?

—A la mía, que también debe ser la suya.

—¿Qué le hace pensar que coincidimos?

—No somos enemigos

— Ah, ¿no?

—¿Por qué tendríamos que serlo?

—No sé por qué

—No lo sabe, pero cree saberlo.

—Si obra contra la ley, me está enfrentando, quizá sea por eso.

—¿A qué ley se refiere usted?

—A la Ley.

—No existe una Ley. Existen leyes, muchas, demasiadas.

—Yo creo en la ley que me enseñaron desde niño.

—No tiene que justificarse. Entiendo que sus fuerzas sólo llegan hasta un límite. Así es como suele corregir el mundo su propio curso y trata en vano de conservar el equilibrio. Su mundo, quiero decir.

—Me está hablando con palabras que parecen haber sido dichas por alguien antes que usted.

—Para que los muertos no mueran definitivamente hay que hablar por ellos.

—¿Eso también lo dijo alguien?

—Todo fue dicho.

—¿Incluso el contenido de ciertos sangrantes sermones?

—Represento un papel.

—Uno representa aquello que no es.

—Siempre representamos lo que no somos. Es nuestra manera de existir, socialmente hablando.

—¿Y qué persigue con su representación en este sitio?

—Me represento a mí mismo.

—Creí que usted era un vampiro.

—Todos somos vampiros.

—Pero según las cuentas, usted está muerto y podrido desde hace mucho.

—Igual que usted.

—¿Yo?

—No estar muerto implica construir cada día una ventana en la niebla.

—¿Para qué?

—Para ver cómo cambia el paisaje, digámoslo así.

—¿Y qué relación tendría ese cambio con la sangre que tanto le gusta hacer correr en sus discursos?

—La sangre se relaciona por sí sola. No necesita palabras mediadoras.

—Pues sepa que aquí el paisaje cambiará únicamente para usted y en su contra.

—Eso ya es algo, ¿no cree?

—Lo que creo es que usted, sea quien sea o lo que sea, demuestra un insano interés por provocar. Además, se proyecta demasiado misterioso y sobradamente enredador para mi gusto.

—La vida no es un problema para ser resuelto sino un misterio para ser vivido.

—¿Ve lo que digo?

—¿Le atemoriza el misterio?

—No

—Quiere creer que no

—En fin, a lo que íbamos, ¿qué busca exactamente en este sitio?

—Vine por usted.

—Entonces coincidimos, aunque no sea más que en eso, porque yo también vine por usted.

Supongo que nuestra conversación fuera mucho más prolongada y orgánica. Pero ya lo he dicho, no hay manera de que consiga memorizarla a partir de la lógica interna que preconizaron aquellos sesudos. Así que de momento reproduzco estos trozos más bien dispersos. Recuerdo, eso sí, y es lo más pertinente para el caso, que mientras le decía que había ido a La Panchita por él, extraje las esposas y se las coloqué en las muñecas, una operación con la que el propio Belakís colaboró al extender sus manos hacia adelante, muy juntas, ofreciéndomelas, aunque no antes de darme un sorpresivo y muy efímero y suave abrazo, que yo no pude evitar, por más que lo considerase harto sobrado. ¿Acaso él no me había dado ya más de los tres abrazos que contempla el apólogo?

TIEMPO DE FUGA

Ni siquiera su cola de trueno tuvo a bien dejarme esta vez como pista. Quizá porque era noche cerrada. En muy pocos minutos, unos cinco o diez, cuando más, desaparecería como efluvio en la tempestad. Yo había dejado el viejo Lada parqueado frente a la casa donde estuve pernoctando en La Panchita. Abrí las esposas, introduje uno de sus extremos a través del timón del automóvil, y luego volví a cerrarlas sobre sus muñecas. No era sensato que me exhibiera en aquel pueblo llevando por delante a Belakís esposado. Tampoco me atraía la posibilidad de pasar la noche allí, ni aun con mi prisionero a buen resguardo, para luego partir rumbo a La Habana tan pronto amaneciera. Y como sólo necesitaba ausentarme durante los cinco o diez minutos imprescindibles para pagar el alquiler en la casa y recoger algunas pertenencias, no preví que a él le alcanzara ese tiempo para propinarme otro nuevo empujón hacia el cepo.

Las próximas noticias sobre el hombre con la sombra de humo que llegarían hasta mí procedían de tres poblaciones distintas, ubicadas en la misma costa norte del centro de la Isla.

Muy pocos días después de aquella fuga en La Panchita, supe que un sujeto con su facha había sido visto en el cercano pueblo de Corralillo repartiendo abrazos y botellas de ron entre los alcohólicos, que al parecer eran casi todos los varones adultos de la comunidad. A los informantes de la policía local (de los que obtuve los pormenores) les llamó la atención la concurrencia de dos detalles, o de tres: 1) El sujeto en cuestión no bebía con los alcohólicos, sólo los frecuentaba para suministrarles alcohol gratuitamente. 2) A la vez que los proveía del preciado líquido, les convocaba a no dejarse vencer por el vicio, para lo cual —dijeron que decía— era imprescindible que antes aprendiesen a disfrutar del ron como lo que verdaderamente es, o debe ser, una exquisita fermentación de la caña de azúcar, con aroma y sabor únicos, un privilegio que prodiga la madre tierra, o sea, algo absolutamente opuesto al brebaje infecto que los convirtió a ellos en alcohólicos, por no disponer de dinero para beber como Dios manda y por no acudir a la bebida para satisfacer una solicitud del paladar sino un imperativo del alma, náufraga en la tormenta, que le pedía a gritos ser consolada mediante el embotamiento de todos los sentidos. Al conocer estas disquisiciones tan procaces y además aireadas con la retórica que le era tan propia a Belakís, pensé que no me hacía falta el otro detalle para confirmar que, en efecto, era él. Pero al final la tercera acriminación de los informantes también tendría un destacado papel en el asunto. Lo supe al enterarme de que muy pronto (se supone que por no poder seguir comprando con sus recursos aquel ron de calidad)—, el sujeto en cuestión se dio a convencer a los alcohólicos de que no debían renunciar a su derecho a beberlo, aunque para ello se viesen en la necesidad de apoderarse sin pagar de las botellas en las tiendas de productos caros donde las vendían. No tengo que agregar que el caos planeó de inmediato sobre el pueblo y hasta un punto tal que cuando al fin pude hacer acto de presencia, allí no quedaban ya reservas de ron de etiqueta en el mercado. La policía y el ejército habían acordonado las shopping en prevención de que las acciones de saqueo se extendieran a otros productos más deficitarios y de mucha mayor demanda, como la leche, el pan, los frijoles o la carne, pero, inexplicablemente, el impulso de los asaltantes pareció perder fuelle en la medida en que quedaban vacíos los últimos anaqueles con botellas de ron caro. De forma que en el momento de mi arribo a Corralillo, la tensión y el movimiento de tropas se estaban corriendo hacia la llamada Vinatera de Caibarién, localidad contigua (donde se produce el ron Decano), pues alguien le había soplado a las autoridades que se organizaba un gran batallón de borrachos alebrestados y resueltos a tomar por asalto las bodegas de esa fábrica. No era verdad, pero la contingencia se pintó sola (o sea, fue pintada por el cerebro abstruso del hombre con la sombra de humo) para abrirme camino hacia el cepo.

Cuando llegué al área en que, según presunciones, se habían citado los atacantes de la Vinatera, lo que encontré allí no fue un batallón, y mucho menos un batallón en plan de asalto.

Apenas sumaban seis o siete individuos famélicos, patilludos y sucios, sentados o recostados sobre la hierba húmeda, cantando boleros a coro y elevando botellas semivacías para brindar a cada instante, mientras proclamaban despropósitos del tipo «reloj, no marques las horas...», u «ódiame, por piedad, yo te lo pido...». La espesura de los árboles bajo los cuales pernoctaban hacía más compacta la noche, ya de por sí sombría. De modo que los enfoqué con los faroles del Lada, y en el acto todos se pusieron en pie para venir a mi encuentro, como si me estuviesen esperando. Fueron tan ágiles, a pesar de su hipotética melopea, que no me dieron tiempo a salir del auto, sino que ellos mismos abrieron la puerta y me sacaron, izándome, mientras una mano de dedos largos y huesudos me extendía una botella con un líquido turbio, de hedor infernal, que podía ser cualquier cosa menos ron. Detrás de la mano entreví apenas un brazo blanco y flaco que se retiró pronto hacia un tórax como de garza, pero sin cuello ni cabeza, o cuya cabeza me fue imposible distinguir, pues estaba cubierta por un amplio sombrero.

ENTONCES YO FUI OTRO

Amanecía cuando me despertó un fuerte olor como a incendio recién extinguido. Me vi tendido a la larga entre matorrales, desnudo en pelota, con la cabeza y todo lo demás chorreando agua, no sé si debido al rocío de la madrugada o por los efectos de algún inoportuno aguacero. Los motivos y hasta la propia empapada eran lo menos importante, pues, apenas abrí los ojos, pude darme cuenta de que estaba metido en un nuevo problema, o en el mismo, sólo que ahora estaba más metido y más irremisiblemente.

La peste a humo procedía de mi viejo Lada. Desde aquel matorral en el que al parecer me habían echado para que durmiera la mona, podía divisarlo transformado en un gurruño oscuro, como un chicharrón, pero no lo suficientemente ajeno ni distante como para que no fuese capaz de reconocerlo a la primera ojeada. Se hallaba a unos ochenta metros de mí, en la misma orilla de la carretera donde lo había parqueado la noche anterior, cuando vine a encontrarme con los borrachos. Varias personas merodeaban a su alrededor. Dos de ellas por lo menos eran policías. Y otras dos usaban uniformes, pero no pude precisar sus funciones: ¿bomberos, miembros de la Cruz Roja? Los vi valerse de una camilla para extraer del Lada un cuerpo humano también muy oscuro, disminuido por las quemaduras. No demoraría en ser informado de que ese cuerpo era el mío.

Para hacer creíble algún falso acontecimiento se han de haber acumulado antes, a su favor, muchas suplantaciones. De modo que Belakís debió atribuirse como un premio aquella maniobra con la que iba a conseguir lanzarme a otra vida. ¿O sería a otro mundo?

Desde la fingida amenaza de ataque a la Vinatera de Caibarién, hasta la deferencia teatral que me prodigaron los borrachos al recibirme en plena noche, brindando a mi salud para hacerme beber aquel remedo de ron que no era sino una pócima dantesca, capaz de anestesiar a un elefante en muy pocos minutos. Luego, el modo artero en que me preparó la escena que le iba a permitir fotografiarme entre los asaltantes borrachos, tan borracho y tan asaltante como ellos (ya que la apariencia es lo único que cuenta en las fotos), para que mis jefes tuvieran al fin constancia gráfica de mi paradero. Desde aprovecharse de mi estado de inconsciencia para desnudarme y ocultar mi cuerpo entre los matorrales, hasta prenderle fuego al viejo Lada, no antes de haber depositado en su interior el cuerpo de otra persona, muy parecida físicamente a mí, vestida con mis ropas y con todos mis documentos de identificación en los bolsillos. Quiero suponer que el sustituto ya estaba muerto cuando fue introducido en mi auto. Tal vez algún cadáver que se robaron del cementerio o sabe Dios de dónde. Todo formaba parte de una astuta mogolla enhebrada con suplantaciones de cabo a rabo.

Y desde luego que no obstante la rapidez y ligereza con que narro ahora los pormenores, yo no iba a conocerlos sino poco a poco, con el paso de los días y las semanas, y no del todo, pues hubo sucesos cuyo origen o cuyo fin nadie me aclaró, tal vez porque no existe la manera de aclararlos racionalmente.

La cuestión es que, desnudo como estaba, me fue imposible acercarme a la escena que presencié al despertar aquel amanecer aciago en que dejaría de ser yo, muy en especial para mis jefes y conocidos, aunque bien pudo ocurrir que también dejara de serlo para mí mismo.

Después de la fuga de Belakís en La Panchita, había resuelto interrumpir la comunicación con mis jefes. Me resultaba demasiado fastidioso explicarles lo ocurrido, pero, sobre todo, temí que me ordenasen abandonar la persecución. No habría podido obedecer esa orden. Entonces me pareció menos grave dejar de reportarles mis andadas hasta tanto no consiguiera apresar en firme al fugitivo. De modo que en el momento en que tuvo lugar esta serie de suplantaciones, en la jefatura de La Habana ignoraban dónde estaba yo metido y qué diablos me traía entre manos. Y he aquí que de repente me ven fotografiado entre un hatajo de borrachos que pretendían tomar por asalto una fábrica de ron. Y unas horas después, vuelven a verme hecho un chicharrón dentro del otro chicharrón en que se convirtió mi viejo Lada. Esa fue la manera en que el hombre con la sombra de humo dispuso mi anulación no sólo como agente de la ley sino también como ser vivo. Pero yo todavía estaba lejos de saberlo. Me faltaban largas jornadas de tropiezos fatales y de bien rumiadas deducciones para reconocer todos los ángulos de la trampa hacia la que me había hecho marchar sin violentarme, con mis propios pies.

Por lo pronto, estaba allí, dentro de aquel monte, en-cuero, empapado como una esponja, sin horizonte a la vista. Y nadie sabe por cuánto tiempo hubiese perma-necido en tales condiciones de no ser por un campesi-no que vino a mi encuentro para proveerme de ropas y de algún dinero, los que posibilitarían mi traslado has-ta el cercano pueblo de Isabela de Sagua, donde, según tuvo a bien notificarme, alguien reclamaba mi rápida comparecencia.

AVISO FATAL

Ya que toda verdad depende de la perspectiva, lo primero que se me ocurrió hacer, una vez que me vi vestido y con algo de dinero en el bolsillo, fue viajar a La Habana con la intención de convencer a mis superiores de que estaba siendo víctima de otro embaucamiento ideado por Belakís para burlar a la justicia. Ni remotamente sospeché que mi perspectiva pudiera ser para ellos tan poco solvente, luego de haber trabajado bajo sus órdenes durante más de veinte años y sin una sola mancha en los papeles. Voy allá —me dije—, desmonto ante mis jefes todo este entablado diabólico, y ya tendré tiempo, más adelante, de reanudar la búsqueda y captura del hombre con la sombra de humo. Fue lo primero que se me ocurrió. Pero aún no había dado el paso inicial cuando lo pensé mejor, recordando aquello que tal vez haya elucubrado algún filósofo, en el sentido de que aunque toda verdad depende de la perspectiva, ésta debe ser expresada con palabras, y ahí es donde salta la complicación, porque hoy día hasta mis jefes saben que las palabras no sirven sino para expresarse a sí mismas en tanto adornos de la realidad.

Frente a Pilato, Cristo se defendió enunciando que vino al mundo para dar testimonio de la verdad, pero es que dentro de la perspectiva de Pilato no había cabida para la verdad de Cristo. Así que lo pensé mejor. Entonces resolví encaminarme hacia el sitio en que Belakís reclamaba mi presencia. Pudo no haber sido una mala decisión. Pero desgraciadamente yo no estaba en forma. Ni en ese minuto ni en los posteriores. Desde que los borrachos me hicieron beber aquel potingue, no he vuelto a ser yo. La masa cerebral se me entumece de tanto en tanto, con igual facilidad pierdo la vista que la noción de tiempo y espacio o la capacidad de recordar a veces hasta mi propio nombre. Es un cuadro que tal vez remita a cierto relato que alguna vez leí, aunque igual podría remitir a otros muchos, pues abundan las ficciones en las que a alguien le dan a beber algo y se transforma en… bueno, según sea el caso. Lo malo es que lo mío no es ficción. Sólo que algunas de las reacciones que me ha provocado el mejunje coinciden con las del protagonista de aquel relato, víctima de un truco que le obligaría a cambiar su futuro por el pasado de otro individuo, justo quien lo hizo beber. Ideas confusas, intermitencia de recuerdos fantasmales acerca de personas y sucesos que nunca conocí, raras visiones de alguien muy parecido a mí, o quizás sea yo mismo, si me fuese dado observarme desde una distancia prudencial… Es como si repentinamente yo fuera otro individuo. No en balde una de las primeras cosas que hice al llegar al poblado de Isabela de Sagua fue buscar un espejo donde ni aun con el mejor empeño y disposición de ánimos conseguiría reconocerme a mí mismo. Y lo peor tal vez sea que no me sorprendió.

En fin, supercherías a un lado, espero no se trate más que de los efectos de la resaca. Pero el caso es que por no sentirme apto para defender convincentemente mi inocencia fue que rechacé el impulso de regresar a La Habana. Hubiera perdido por abandono en el primer round. Por más que de cualquier modo perdí, ya que en vez de ir físicamente, se me ocurrió llamar por teléfono a un compañero de toda mi confianza, investigador policial como yo, quien, por sus méritos profesionales y además por sus medallas como veterano de varias guerras, es particularmente distinguido y respetado por la plana mayor. Así que lo llamé para ver si quería ayudarme con el ablandamiento preventivo de los jefes. Pero qué va. Se puso tan nervioso que apenas me dejó hablar. «No puede ser. Tú estás muerto. Te convertiste en traidor y ahora estás muerto», repetía mi héroe y amigo con voz temblante, sin que pareciera estar dirigiéndose a mí sino a cualquier ánima oscura que viviese escondida en las entretelas de su espíritu. Mediante la única frase que logré colarle en una pausa respiratoria, le hice saber que acababa de llegar a Isabela de Sagua con el cometido de apresar a Belakís. Y fue un aviso equivocado, puesto que en menos de lo que demoré para contárselo, me vi apresado yo mismo por fuerzas militares considerablemente histéricas que cayeron como rayos sobre aquel pueblo.

ENCERRADO

Si yo confesara que Belakís era en realidad un agente de la CIA, posiblemente iba a conseguir que al menos me saquen del manicomio. Pero no me apetece faltar a la verdad, aun cuando no haya podido pasar en limpio mis conclusiones sobre la verdadera verdad de la verdad. Y conste que al no incriminar con falsos testimonios al hombre con la sombra de humo, no lo hago por respeto a él, ni a mis jefes. Es por mí. Aunque a estas alturas tampoco tenga claro quién soy, así que mucho menos estaría en condiciones de saber quién es Belakís. Tampoco lo hago porque me sienta responsabilizado con algún tipo de certeza ética. No se trata sino de un intento (sin sentido) por ordenar el sinsentido. Mentir fue lo que me trajo hasta aquí. Para nada me sirve el consuelo de saber que mentí a mentirosos. La cuestión es que si resuelvo continuar en la deriva estaré condenado a representar un mal papel por el resto de mi vida.

Siempre representamos un papel, ya me lo restregó Belakís con palabras de no sé quién. Pero supongo no sea una exageración empeñarme en representar un pa-

151

pel que me permita cerrar los ojos en paz por las noches. Por lo demás, si yo no sé quién soy, ¿cómo me consta que no me represento a mí mismo en este papel o en cualquier otro? Aunque no me quejo por eso. Es algo que viene a pedir de boca. Porque, insisto, si yo no sé quién soy, ni conozco a derechas el papel que estoy representando, tampoco tendría sentido que me amargue por haber fracasado. Ese que acaba de perder la contienda no fui yo. ¿Por qué mortificarme entonces, o por qué alegrarme, cuando el interrogador me lanza las más desquiciadas admoniciones, o cuando los enfermeros que me cuidan (¿o serán carceleros que me vigilan?) vienen a pedirme que los abrace tres veces y aseguran traerme buenas nuevas sobre lo que está pasando en todas aquellas zonas del centro de la isla por las cuales anduve detrás de mi objetivo, o en los sitios de La Habana en los que estuve a punto de alcanzarlo, o en la oriental ciudad de Santiago de Cuba, donde lo perdí no sé cuándo ni cómo o en qué circunstancias, ni sé si fue para bien o para mal?

EL DESBARRE

Como se nota fácilmente en este informe, no soy capaz de reseñar con cordura las eventualidades que me llevaron de Isabela de Sagua a Santiago de Cuba, y de allí al encierro, no sé si por loco o por peligroso para el sistema, lo cual vendría a ser la misma cosa.

Muchas de mis últimas experiencias no las he vivido conscientemente. Quizá por ello se me dificulta describirlas. Estaba preso en aquel pueblo del centro y norte de la isla, y de la noche a la mañana me veo a bordo de una rústica goleta, en el Río Sagua, en busca de mar afuera. Me advirtieron que andábamos en trajines conspirativos, navegando por una ruta que han utilizado durante siglos los piratas y contrabandistas para escapar de sus perseguidores o para burlar a las autoridades con sus cargas ilícitas. Digamos que estoy moviéndome dentro de una escena propia de los platós con aventuras de Johnny Depp, o de las historietas de Elpidio Valdés. Traficamos con ostiones. Me informan que los de este sitio son los más famosos de toda la región, pero a los pescadores que los acopian se les prohíbe estrictamente comerlos. Todo el producto de su pesca debe ir a manos de no sé qué dueños, los que se encargan de distribuirlos a través de no sé qué planes, o según les venga en gana a quienes suelen apropiarse de la totalidad de las ganancias. Así, pues, hemos asaltado un rico cargamento de ostiones y nos lo llevamos en la goleta mar afuera con la esperanza de comercializarlos por nuestra cuenta, no sin antes darnos un gran atracón.

Al llegar a la desembocadura, descubrimos que el mar está furioso. La goleta da rápidas muestras de no encontrarse apta para soportar sus embestidas. La veo corcovear como un caballo al que le han inyectado picante en el trasero. Y me veo a mí mismo ordenando arriar velas en previsión de que acabemos reventados contra la costa. A grito pelado estoy tratando de evitar la catástrofe cuando noto que una ola inmensa, luminosa y maciza como el acero, nos cae encima y empieza a comprimirnos a la vez que nos arrolla. Todo se torna muy oscuro. Entonces siento que alguien me agarra por los hombros para sacudirme con rudeza, una, otra, otra vez... Abro los ojos. Pregunto, ¿dónde diablos he venido a parar? Y de seguida se disparan aquellas imágenes que son como recortes de películas que se proyectan sobre una pantalla traslúcida. Diría que me estaba viendo en todas y cada una de sus múltiples representaciones. Pero sin ser yo. Así que pude haber resuelto indagar entre aquellos hombres a ver si lograba hallarme a mí mismo, o para ver si por lo menos me decían en qué paró el asunto de los ostiones. Mientras más avanzamos, tanto más nos vamos alejando de la meta, creí escuchar que me respondían, en el preciso instante en que abro nuevamente los ojos y vuelvo a verme, ahora vestido con un largo chaquetón de fino paño verde, llevando al cinto un sable de utilería, pero filoso y bruñido como las espuelas que me adornan los pies, entre las alpargatas y las polainas. El caballero del verde gabán, bromeo para mis adentro, en tanto me miro caminar con aire circunspecto por una avenida muy ancha, de firmes y pulidos cimientos, con árboles y sombras frescas delineando las dos orillas. Sin que nadie me lo diga, he sabido que se trata del Paseo de la Alameda Michaelsen, en el centro histórico de Santiago de Cuba. Tal vez lo identifiqué por su regia glorieta. O por la fuente en forma de concha de mar que aún conserva el aire decimonónico, aunque ha permanecido seca durante los últimos decenios. Lo cierto es que venimos andando desde la bahía y que la singular brisa marina de esta avenida no me deja lugar para dudas.

Avanzábamos en grupo de unos quince o veinte individuos, todos con talantes serenos y la vista erguida, todos vestidos de negro, menos yo. Supe que nos dirigíamos hacia la parroquia Santa Teresita de Jesús con la finalidad de asistir a misa por el día de Santa Bárbara, ocasión que de paso nos caía del cielo para protestar o para rogar, nunca entendí bien ante quién ni por qué. En la vanguardia me pareció ver a un sujeto con facha estrambótica: la cabeza roja, techada por una especie de sombrero de copa tanto o más estrambótico. Su cara me recordaba la de esos payasos asesinos que suelen aburrir las noches de cine en televisión. Los cachetes y la frente pintados de blanco, con ojeras y labios de un morado saltón, con cejas muy largas, también rojizas, y con ojos que parecían ser de un color distinto cada vez que volteaba el rostro hacia sus seguidores, es decir, hacia nosotros, para indicarnos el camino o para proponer u ordenar algo. Debieron comentarme al oído que aquel esperpento era El sombrerero loco, pero yo tenía serias razones para inferir que era Belakís. Y a punto estuve de confirmarlo, pero he aquí que cuando nos aproximábamos a la parroquia se hizo invisible en un santiamén. Quise tratar de ubicarlo oculto entre el gentío. Y ese ejercicio de inútil atolondramiento me condujo a caer en la cuenta de que estábamos rodeados por huestes militares.

Marchaban contra el grupo desde todos los puntos y era obvio que venían por nuestras cabezas estrechando el cerco hasta dejarnos malamente la entrada al templo como única vía de escape. Una encerrona del diablo, creo haber pensado, pero lo pensé tarde, cuando estábamos ya accediendo al interior de Santa Teresita de Jesús, donde tropezaríamos con otras huestes armadas y en zafarrancho de combate. No diría yo que su actitud fue amenazadora desde el inicio, porque no nos amenazaron. No hubo chance. Atacaron sin previo aviso y sin ningún tipo de contemplación no ya con nosotros, sino con el sacerdote oficiante de la misa, quien, primero se quedó en suspensión, pasmado, como uno de sus santos de yeso, luchando tal vez por reponerse del asombro y del susto. «Esto es una orgía de violencia ciega, hay que detenerla», juraría yo que dijo cuando al fin pudo decir algo, y presumo que no lo dijera como un desgarrado clamor elevado a Santa Bárbara, sino como protesta espetada contra el jefe de aquellos fieros militares, el cual no debe haberlo oído, tan abstraído como estaba dirigiendo la gresca. Gases lacrimógenos, culatazos, escupitajos, patadas, golpes de karate, estrellones, sazonados todos con sus correspondientes insultos, consignas y proclamas intimidatorias. Las hostias —auténticas y metafóricas— volaban por los aires. El vino se confundía con la sangre, pero no por efectos milagrosos. A no ser que tomemos por milagros los porrazos de aquellos sacrosantos cálices que eran lanzados contra nuestros hocicos. Mientras, mis correligionarios del grupo iban siendo domeñados a la brava y esposados para ser conducidos a rastras hacia el exterior del templo. Quise escapar de aquellos gorilas ocultándome dentro de un confesionario, pero resultó que ya estaba ocupado por alguien que evidentemente me esperaba, pues tan pronto me vio acercarme, se me abalanzó con los brazos abiertos. Supuse que fuera un sacerdote, porque vestía con sotana. Llegué a ver su rostro, que era una grotesca interacción de sombras, con ojos grises, enrojecidos en los bordes de los párpados, y con expresión de arrugada afabilidad. Pero para nada más me alcanzaron los escasos segundos transcurridos antes de que el sujeto me viniera encima y me abracara muy suave y brevemente con sus brazos blandos, blancos y huesudos, a la vez que me besaba en la mejilla diciéndome: *tu tiempo está cerca*. Entonces, como convocados por un procesador electrónico, irrumpieron los gorilas. Lo último que vi, cuando me sacaban a rastras, fue que la iglesia estaba acordonada por tanques de guerra y por cientos de soldados con atavíos de combate y armados hasta los dientes.

También pude ver a Belakís con la sombra de humo escoltándolo como un perro fiel. O es posible que sólo haya creído verlo en la persona de otro. ¿Será que esa persona era yo? En tal caso, pude verlo (verme) mediante algún efecto reflejo. Eso explicaría las palabras del jefe de las hordas, quien, justo cuando me sacaban de la iglesia, se dirigió a la tropa, pero mirándome a mí, y hablando cerca de mi cara, tanto que me rociaba de ardiente saliva con sus palabras. Al fin logramos atrapar a este peligroso enemigo del pueblo, decía.

ACTA DEL JURADO

El jurado del Premio de Narrativa Editorial Hypermedia 2020, luego de leer las 60 obras admitidas al concurso, acuerda lo siguiente:

1) Destacar, de entre los nueve finalistas, los dos libros siguientes:

Sushi Party, de Gabriel Cascante. Seis «crónicas de perseverancia», como las llama su autor, escritas en un lenguaje que es puro frenesí, desfachatez y goce. Un narrador que construye una mecánica muy particular de la carne, de la tecnología y de lo político—ideológico, desacomodando siempre las expectativas del lector.

Citizen Kane se fue a la guerra, de Alfredo Antonio Fernández. Novela de inteligencia narrativa muy poderosa, que acarrea el pasado a la manera de un parque de atracciones históricas. Una ambiciosa cronología de insurgencias fraguada en los paralelismos entre las guerras de una Cuba a la deriva y el genio de Orson Welles.

2) Otorgar el Premio Narrativa Editorial Hypermedia 2020, al libro:

El hombre con la sombra de humo, de José Hugo Fernández. Por el camino de la imaginación con tintes fantasmagóricos, de las citas literarias entrecruzadas, del misterio y el fetiche cultural, esta nouvelle impone su autoridad desde las primeras páginas. La escritura, de un ritmo y un tono sumamente eficaces, sigue un rastro de sangre y deja al final un saldo curioso de preguntas. ¿Vampiros en La Habana? ¿En Miami? ¿Agentes de la CIA? ¿Espectros? ¿Una secta secreta? ¿Locos y carceleros? ¿La verdad tiene la estructura de la fantasía? ¿Quiénes son los «enemigos del pueblo»?

El Premio de Narrativa Editorial Hypermedia 2020 ha sido fallado el 26 de junio de 2020, mediante voto directo e independiente de cada miembro del jurado.

El jurado estuvo compuesto por los escritores:

Jorge Enrique Lage (presidente)
Alberto Garrandés
Carlos Manuel Álvarez
Jorge Ferrer
Martha Luisa Hernández Cadenas
Mabel Cuesta
Orlando Luis Pardo Lazo

ÍNDICE